수로 부인

김동리

청소년 현대문학선 032

수로 부인

문이당

차례　수로 부인

윤회설(輪廻說)

두꺼비를 잡아먹은 능구렁이는 과연 죽었다.

그러나 그 죽은 능구렁이의 뼈마디마다 생겨난 그 수많은 두꺼비의 새끼들은 그 형제들은, 또 서로 싸우고 서로 미워하기 시작했다고, 생각하였다.

"오빠는 천성이 고독을 좋아하시니 괜히 홀로 고집을 부리시는 게지, 지식인치고 좌익 단체에 가담하지 않은 이가 몇이나 있게 그러세요?"

성란(性蘭)은 얼굴이 발갛게 되어 종우(宗祐)를 공격하는 것이었다.

"……"

"혜련도 요즘은 뭐, 토요일마다 예술가 동맹에 나온대나요…… 두고 보세요, 인제 오빨 지지하는 사람이 한 사람이나 있는가."

종우는 혜련(慧戀)이란 말에 가슴이 뜨끔하였으나 역시 아무런 대답도 하기가 싫었다. 그가 입을 뗀다면 누이를 반박하는 말, 꾸짖는 말, 그런 것밖에 아무것도 나올 것이 없었다.

그는 피우던 담배의 불을 꺼서 재떨이에 던지고는 누이를 혼자 서재에 남긴 채 잠자코 밖으로 나와 버렸다.

사람의 마음이란 물과 같은 것이니라, 그는 이즈음 와서 이 말이 늘 머릿속에서 떠나지 않는다.

물의 형체가 담는 그릇에 따라 얼마든지 변할 수 있는 것처럼 사람의 마음도 그와 같이 쉽사리 곧잘 변하고 움직여지는 것인가 고 생각되었다. 그것도 처음부터 성란이나 혜련 들이 무조건 하고 시류 잡설에 추종을 했었다면 종우도 이제 와 새삼스럽게 괴로워 할 리도 섭섭해 할 것도 없으련만 해방 직후 소련군이 내일 들어온다 모레 들어온다 하고 일부에서 선동들을 하게 되자, 종우의 친구들도 대부분이 이에 호응하여 전향을 한다 추세(趨勢)를 한 다 하였고, 그러나 성란들은 종우를 찾아와서, "모두 겁쟁이들뿐 이에요, 정말 예술적 주관을 가진 사람이라곤 없는가 봐요" 하며, 윤 군들의 전향을 비방하던 그였다.

그 성란이 차츰차츰 남편(윤 군)의 이론에 설복이 되어, 이제 와 서는 종우의 태도에 반감을 가질 뿐 아니라 어쩌다 한 번씩 친정 이라고 올 적마다 종우에게 도로 선전을 하려 들곤 하였다. 물론 종우로 말해도 성란이 제 남편의 사상 노선에 끝까지 항거를 하라 든가, 자기와 함께 공동 전선을 펴자든가 하는 것도 아니었다.

그보다는 오히려 저희 내외끼리 보조를 맞추어 가는 것을 다행으로 생각하는 편이기도 하였다. 다만 사람의 마음이란 것이 어쩌면 그렇게 남의 선동이나 주장에 쉽사리 변하고 움직여지는가 하는 것이 못 견디게 안타깝고 쓸쓸할 뿐이었다.

거리에 나온 종우는 숙전*으로 전화를 걸었다. 지금 교수 시간 중이라고 하며 대주지를 않아 그러면 시간이 끝나는 대로 부탁을 한다고 성명과 전화번호를 일러 주고는 늘 들르는 다방 '창공'엘 갔다.

한 30분 기다리고 있으려니까 학교에서 전화가 왔다는 것이다.

"여보세요, 나, 한종우올시다."

"선생님이세요?"

"네."

"저 혜련예요, 거 어디세요?"

"창공…… 몇 시에 나오우?"

"급한 일이세요?"

"뭐, 별로…….."

"보통으론 역시 5시…….."

*숙전(淑專) : 숙명여대의 전신.

"3시 반까지 이리 좀 나오슈, 여기서 기다릴 테니까."

"그럼 기다려 주세요, 혹 시간이 좀 지나더라도 꼭 기다려 주세요."

그리고 전화는 끊어졌다.

'혜련도 토요일마다 예술가 동맹에 나온대나요.'

종우는 성란의 이 말이 머리에 또 떠올랐다.

"선생님께 얘길 좀 해야 텐데…….'

혜련 자신도 이즘 가끔 이런 말을 하였다.

"전 아무래도 일개 평범한 인간인가 봐요."

이런 말도 하였다.

종우는 혜련의 이러한 말뜻을 진작부터 대강 짐작하지 못하는 바도 아니었다. 혜련이 종우를 향해 좀 더 육체적인 교섭을 바란다는 것은 벌써 여러 해 전부터의 일이요, 자기 역시 가끔 이러한 동물적 충동을 받지 않는 바도 아니었으나 인간적 자존을 유지하는 날까지 이것과 겨루어 보려는 것이 유일한 보람이라면 보람이요 괴벽이라면 괴벽이기도 하였다.

더구나 이즘의 혜련의 두 눈에는 분명히 어떤 슬픔과 불만이 흐르고 있어 그것이 무척 초조한 빛까지 띠게 될 때는 종우도 여간 괴롭고 불안스럽지가 않았다. 그 머뭇머뭇하는 것으로 보아 역시 말하기 힘들고 또 중대한 문제인 듯도 하였다. 혜련이 대체 무엇을 그렇게 머뭇머뭇하는 것일까. 그것은 이즈음 좀 더 열을 내어 예술가 동맹에 출입을 한다는 사실과 어떻게 관련이 있는 것일까. 또 혜련과 성란 두 사람 사이에는 대체 어떠한 사건이 진행되고 있는 것일까. 종우의 머릿속에는 이즘 한창 신명이 나서 쏘다니는 성란과 그리고 날로 더 파리해져만 가는 혜련의 얼굴이 떠올랐다. 순간, 두 사람의 얼굴은 어느덧 꿈결같이 아득한 바닷물 소리가 되어 아련히 그의 고막을 울렸다.

종우가 서른하나, 혜련이 스물둘, 그리고 성란이 스물하나 그들의 나이가 이렇게 되던 해 여름, 종우는 계획적으로 성란을 집에 남겨 둔 채 그들 두 사람만이 해운대로 여행을 떠난 일이 있었다. 그때 아직 혜련은 동경서 학부에 학적을 두었을 때요, 종우는 자기 자신도 놀라리만큼 건강 회복이 순조롭게 진척될 때였으므로 두 사람은 즐겁게 이 명랑한 걸음을 만들었던 것이다.

쏴- 하고 모래 씻는 물결, 멀고 가없는 바다, 흰 구름이 뭉게뭉게 떠오르는 아득한 수평선에서 희끗희끗 실낱같이 떠오던 물거품이 점점 가까워올수록 초록빛 산맥처럼 넘실거리며 울- 하고 먼 하늘의 뇌성 같은 우렁찬 소리로 몰려와서는 또 쏴- 하고 모래를 씻어 철썩 돌아가고 하는 해운대의 바다는 종우가 어려서 보았을 때와 마찬가지로 역시 그의 온 영혼을 사로잡아 버리는 것이다.

넓고 넓은 바닷가에 오막살이 집 한 채 고기 잡는 아버지와 철모르는 딸이라, 혜련은 나직한 목소리로 그러나 함초롬히 정서에 젖어 이렇게 노래를 불렀다.

"어쩐지 이 노래가 자꾸 머리에 떠오르는구면요…… 가없이 가없이 멀고 아득한 바다, 무언지 눈물이 돌고 목이 메는 슬픈 얘기를 들려주는 듯한 물결 소리……."

혜련은 소곳이 고개를 수그리며 가벼운 한숨을 지었다.

그날 밤 종우는 바닷가에 나와 맥주를 마시었다. 달까지 훤하게 밝은데 희부연 물결은 갈매기 소리와 함께 밤이 새도록 호소하듯 위협하듯 먼 하늘가에서 울- 하고 천둥이 일어나는가 하면 그것이 바로 그들의 발끝까지 와서 쏴- 하고 모래를 씻고 돌아가곤 하였다.

"혜련 곁에서 내가 이렇게 술을 먹고 있어 어쩐지 죄를 짓는 것 같구려."

처음 술이 얼근했을 때 종우는 무척 괴로운 표정을 지으며 이렇게 말했다. 그는 술이 취해 올수록 같은 말을 하고 또 하고 맥주잔을 기울일 때마다 되풀이를 하고 하여서 혜련도 끝내 그냥 잠자코만 있을 수 없어, "제가 이렇게 실괄 먹고 있는 거나 마찬가지죠, 뭐……."

한마디 했더니 종우도 그러자 흐뭇해져, "선생님은 술을 먹고 있소, 생도님은 실과를 먹고 있소” 하며 한바탕 유쾌한 듯이 웃었다. 이리하여, 그는 결국 술이 아주 취하고야 말았다. 혜련 역시 하도 성가시게 권하는 잔이라 마지못해 몇 잔 마시고 했더니 정신이 알쑥해져서 일변 은근히 걱정도 되고, 일변 또 신명이 좀 나지 않는 것도 아니어서, 갈매기가 나부끼는 물결을 가리키며, “사람도 평생 저 갈매기처럼 물결 소리나 듣고 살아갈 순 없을까!”

이렇게 감탄을 했고, 또 그러고 나서는, “그러다간 도로 타락할는지도 모르지” 했던 것인데, 공교롭게도 이 말이 예언이 되어 그날 밤 과연 그들은 타락을 해버렸던 것이다.

이튿날 아침 종우가 눈을 떴을 때 그는 간밤에 자기가 저지른 그 부끄러운 사실을 생각하고 눈을 감아 버렸다. 나이 삼십이 넘도록 거의 동정을 지키다시피 해 온 그는 그러한 남녀 관계 같은 것을 ‘동물적 타협’이라 하여, 경멸하고 저주해 왔다.

그는 다시 눈을 떠서 방 안을 가만히 살펴보았으나 분명히 혜련은 방 안에 있지 않았다. 그러나 지금부터 혜련의 얼굴 대할 것만이 그지없이 미안하고 부끄럽고 죄송스러워 뼈가 저리는 듯하였다. 지금까지 간신히 유지해 온 인간적 자존을 자기 발로 짓밟고 한 마리 짐승이 되어 혜련 앞에 나선 자기 자신을 생각할 때 종우는 갑자기 오한이 들기 시작하였다.

종우가 두 번째 눈을 뜬 것은 오정이 가까이 되었을 때였으나 역시 방 안은 잠잠하였다. 그는 갑자기 겁이 더럭 났다. 종우에게 모욕을 당한 혜련은 자기들의 슬픈 타락을 저주하며 새벽 바다에 몸을 던져 버린 것이나 아닐까.

종우에 대한 환멸과 분노에 절망한 나머지 혜련은 짐을 꾸려 먼저 서울로 떠나 버린 것이나 아닐까. 혹은 저 바다 물결이 사철 부딪치는 어느 검은 바위 위에 앉아 홀로 가슴을 찢고 울고 있는 것이나 아닐까…….

종우는 이불을 박차고 자리에서 일어났다. 마치 물에 빠진 사람이 구원을 청하듯 그는 절망적으로 고개를 두르며 손을 내저었다. 그러나, 다음 순간 그는 자기 앞에 말없이 나타난 혜련의 언제보다도 단정한 화장 아담스러운 차림새와, 그리고 약간 수그린 얼굴에서 천연스럽게 이쪽으로 치뜨는 그 맑고 빛나는 두 눈을 보았을 때, 그는 또 한 가지 새로운 감격과 설움에 정신이 어지러워 다시 자리에 쓰러진 채 잠이 들어 버렸다.

저녁때부터 종우는 몸에 열이 나기 시작하여 이틀 동안이나 헛소리를 질러 가며 앓게 되었다.

이리하여 두 사람의 여행은 끝이 났다. 종우는 몸의 열이 내리고 정신이 돌아오자 곧 혜련의 손을 잡고 사죄를 하고 싶었고 다시 서울 오는 차 안에서도 몇 번이나 거기에 대해 망설이고 주저하다 종시 이루지 못한 채 그대로 서울까지 와 버리고 말았다.

3시 반까지 오기로 약속한 혜련은 4시에서 5분을 남겨 놓고 겨우 나타났다. 언제나 꼭 같은 그 차림새로, 감색 투피스에 누런 쇠가죽 가방을 들고 다방 문을 밀고 들어선 혜련은 그쪽 구석의 종려분 곁에 앉아 있는 종우를 발견하자 대리석같이 싸늘해 뵈는 두 볼에 약간 표정을 지으며 그가 앉아 있는 맞은편 의자에 와 앉았다.

"꽤 기다리셨죠."

혜련은 자기의 커다란 손목시계를 들여다보며 사과하듯 이렇게 말했다.

두 사람은 한참 동안 상대자의 눈을 바라보았다. 한 달에 한 번이고 두 달에 한 번이고 그들이 만나 하는 일은 오직 이것뿐이었고, 사람과 사람 사이엔 이밖에 더 깊은 교섭이란 있을 수 없다고 종우는 생각했다.

"성란이 다녀갔어요?"

"음. 참, 걔가 왔더구먼."

"무슨 얘길 했어요?"

"별 얘기도 없고…… 윤 군과 꼭 같은 얘기들을 하다, 참 혜련도 또 저이들처럼 맘이 변할 게라고 이제 아주 나 혼자 될 게라고, 그런 얘길 하는구먼."

"……."

혜련은 시선을 떨어뜨리며, 순간, 꼭 다문 입술엔 가벼운 경련이 지나갔다.

혜련의 얼굴만 한참 바라보던 종우는 어느덧 미미한 오한을 느끼며 자리에서 일어났다.

다방에서 나온 혜련은 제 집에 가서 같이 저녁을 먹자고 종우에게 권했다. 혜련의 아파트에 가기를 저어하는 종우는, "글쎄 어떻게 두통이 좀 나는 것 같아……" 하며 손으로 이마를 만지었다.

"할 얘기가 있어요…… 꼭."

순간 혜련의 맑은 두 눈에는 슬픈 그림자가 어리었다.

무슨 얘길까, 혜련의 그 맑은 두 눈에 어리는 슬픈 그림자는 대체 무엇을 의미하는 것일까?

종우는 혜련의 뒤를 따라가며 이렇게 가슴을 졸이었다.

아파트 2층 제 방 '도어' 앞에까지 온 혜련은 가방 안에서 기다란 키를 내어 짤가닥 소리와 함께 곧 '노프'를 쥐어 비틀며, 뒤로 고개를 돌이켜, "자, 들어오세요" 한다.

종우는 방에 들어와 혜련이 권하는 대로 자리에 앉고, 또 재떨이를 보자 이내 담배를 피워 물고는 하였지만, 이 방에 들어올 때마다 언제나 느끼는 그 협심증과도 같은 무거운 불안이 어느덧 그의 가슴을 엄습하였다. 혜련이 저녁을 짓는 동안, 그는 혜련의 책상에서 혜련이 읽다 만 듯한 천문학 책을 이리저리 뒤지며, 그 새

16

카맣고 아득한 허공이란 것을 머릿속에 그려 보곤 했다.

한 시간 채 못 되어, 혜련은 아까보다 명랑해진 얼굴로 밥통을 안고 들어왔으나, 종우는 한 시간 전 그가 여기 들어온 것이 벌써 여러 날 이전의 일 같은 착각을 느끼며 혜련의 얼굴만 멍청히 바라보고 있었다.

"어제 거리에서 윤 선생을 만났어요…… 왜 동맹엘 자주 안 나오느냐고 그러시더군요."

혜련은 일본 여자와 같은 앉음새를 하여 종우 앞에 밥공기를 놓으며, "아, 참 반줄 한잔 하시죠" 하였다.

영자 레테르가 붙은 네 홉짜리 백포도주 한 병을 들고 오며, "이즘 걸로는 비교적 나은 게라나요…… 어때요, 과히 숭하지 않아요?"

"글쎄, 괜찮은 것 같구먼."

종우도 술을 보자 마음이 좀 누그러지며, "자 그럼, 혜련도 한잔!" 하고, 혜련에게 술잔을 건넸다. 혜련은 먹을 줄도 모르는 술을 사양을 한다든가 수삽*을 부린다든가 하는 빛도 없이, 의젓이 잔을 받았고 종우는 혜련의 그러한 태도가 도리어 무척 아름답게 보였다.

둘째 잔부터 종우는 자작을 시작하여 서너 잔 들이켜고 나니 몸

*수삽 : 몸을 어찌하여야 좋을지 모를 정도로 수줍고 부끄러움.

에 술기운이 돌기 시작하였다.

"그럼 윤 군과는 그길로 갈렸구먼."

"아니에요…… 같이 동맹엘 들렀었죠."

순간, 혜련의 두 눈에는 또 아까 거리에서 보던 그 슬픈 그림자가 어리었다.

"그럼 역시 정치 공불 했겠고……."

"정치 공부보단…… 사회 과학 강좌를 들은 셈이죠."

혜련은 약간 얼굴을 붉히었다.

"강사는?"

"강사는……."

혜련은 갑자기 얼굴이 새빨개지며 말하기를 머뭇머뭇거리다가,

"저어 박용재 씨라고 아시죠? 이번에 해외에서 들어오신 분인데……."

"……."

"저, 윤 선생 친구예요…… 윤 선생들같이 편협하지는 않더구먼요. 자기는 가장 진실한 공산주의자가 되기 위해서 우선 가장 진보적인 민족주의자가 되겠다고 그러더군요."

혜련은 종우의 잔에 술을 쳐주며 이렇게 말했다.

"진보적인 민족주의자뿐 아니라 진보적인 공산주의자도 필요하겠지…… 밤낮 진보적 진보적 떠들긴 해도 실제 이론에 있어서

나 행동에 나타나는 걸 보면 수십 년 전의 케케묵은 팸플릿에서 별로 진보된 건 없으니, 그리고 보면 소위 이 진보적이란 말도 이즘 무슨 민주주의니 하는 말들처럼 그저 일종의 선전 표어에 불과한 모양이지…… 그런데 혜련! 나는 대관절 이 진보적이니 퇴보적이니 무슨 주의니 하는 것들이 딱히 싫구려!"

그는 분명히 어떤 적의를 띤 어조로 분연히 이렇게 말했다.

"……."

혜련은 밥공기를 들어 밥을 입에 가져가다 말고 한참 동안 말없이 종우의 얼굴만 바라보았다. 종우의 얼굴에 나타난 그 분명한 적의와 분연한 어조는 무엇 때문일까. 과연 '진보적'이란 말 자체에 대한 수사적 불만에서일까, 혹은 공산주의란 사상에 대한 반감일까, 그런 것보다는 바로 박용재란 사람에 대한 적의일까……. 혜련은 종우의 얼굴에서 이것을 읽으려 하는 것이었다. 그리하여 한 1분간쯤 뒤엔 어느덧 까닭 모를 성이 뾰족 치밀어, "박용재 씨가 자기는 진정한 공산주의자가 되기 위해서 우선 진보적인 민족주의자가 되겠다고 한 것은 그냥 자기 자신의 신념을 말한 것이지 어떤 상대를 예상하고 한 말은 아니에요."

분명히 노기를 띤 음성으로 이렇게 말했다.

종우는 의외라기보다도 당황에 가까운 얼굴로 혜련을 바라보았다.

"더구나 선생님을 두고 비진보적 민족주의자라고 한 건 절대로 아니에요. 그보다도 오히려 선생님에 대해선 여간 경의를 가지고 있는 게 아니에요."

점점 더 도전적인 어조였다.

종우는 잠자코 혜련에게 술잔을 권했다. 혜련은 그것을 거절하였다.

종우는 술잔을 놓고 담배를 피워 물었다. 그는 혜련이 한두어 해 전부터 이렇게 별안간 물과 불을 못 가릴 정도로 성을 내어 버리는 것을 2, 3차 겪은 일이 있었고, 그것이 혹은 오랫동안의 부자연한 금욕 생활에서 기인한 것이 아닐까 이렇게 생각되는 점도 없지 않고 하여서, 이 점에 대해서는 되도록이면 이쪽에서 관대하고 또 침착성을 잃지 않아야 할 것이라고 평소도 생각은 하여 왔지만 막상 당하고 보면 여간 난처하고 불쾌한 것이 아니었다. 더구나 이날 밤같이 박용재를 처음부터 변호를 하려던 사실과 관련을 시켜 생각할 때에는 더욱 속이 상했다. 박용재라면 10여 년 전에 극문화협회에서 윤 군의 소개로 처음 인사를 했고 그 뒤 역시 공석에서 수삼차 만난 것뿐으로 개인적으로 별로 친분이 있던 것도 아니요, 게다가 그동안 10년이 가깝도록 도무지 얼굴을 대한 적도 없고 해서 최근의 그의 위인이나 사상이 어느 정도인지 딱히 알수도 없는데다 그 밖에 또 혜련과의 사이에 무슨 특수한 관계나 있는 것처럼, 그보다도 현재 진행되는 것처럼 일부러 와서 일러 주고 가는 사람들까지 있어, 실상 속으로 은근한 적의까지를 품은 터라 이렇게 혜련의 입에서 직접 그의 이름을 자꾸 듣게 되는 것은 그에게 있어서는 결코 유쾌한 일이 아니었다.

종우는 자기의 불쾌한 감정을 혜련에게 내보이느니보다는 되도록이면 누르고 혜련의 마음을 진정시켜 주고 싶었다. 그래 혜련의 마음을 즐겁게 해주기 위해서 언제나 상투 수단으로 두고 쓰는 사상 이야기를 꺼내지 않을 수 없어, "혜련!"

그는 나직한 음성으로 이렇게 불렀다.

"우리가 진보적이니 퇴보적이니 민족주의니 공산주의니 하는 그런 문구를 가지고 다툴 필요가 어디 있단 말이오? 오늘날의 이 땅의 민족주의자들이 과연 공산당 측에서 비방하는 것처럼 자본주의와 결탁을 하고 있다면 그것은 개혁시켜야 할 것이고 또 공산당이 민족진영에서 비난하는 것처럼 소련식 제국주의의 전위가 된다면 이것도 용인할 수 없을 것이오."

종우는 잠깐 말을 끊고 술을 마시었다.

"그런 건 소용없는 말씀이에요. 마치 좋은 게 좋다는 거와 꼭 같아요!"

혜련의 음성은 조금도 부드러워지지 않았다. 종우에 대한 반감은 점점 더 강렬해져 가는 것만 같았다.

"좋은 걸 그럼 좋다고 하잔코 어떻게 해…… 그러나 내가 말하려는 건 그런 시사 문제는 아냐. 그보다는 근본 사상에 있어 가령 우리는 자본주의의 경제적 계급적 죄악과 모순을 제거하는 동시에 공산주의의 기계적 공식론도 버려야 된단 말이오. 즉 우리는 경제적으로 계급적으로 해방이 되는 동시 인간성의 자유와 정신적 존엄 이것도 확보해야 한다는 것뿐이지."

"인간성의 자유, 정신적 존엄!"

혜련은 글귀를 외듯 거의 무의식적으로 이렇게 중얼거렸다.

"이것을 부인한 데에서, 아니 바로 저주하고서 마르크스 사상의 체계는 성립되는 게니까…… 소위 마르크스주의의 형이상학적 체계를 담당한 것이 유물 사관이란 거지만 유물 사관의 물질이란 유심 철학의 소위 정신이란 것과 꼭 마찬가지로 한 개 완고한 관념인데 이것으로써 인간 생활의 진보를 규정하려 한 것이 근본적 오류겠지…… 가령 세상에 사람이 사는 데 즉 생활을 해가는데 생활 조건이란 게 있잖우? 그 생활 조건 가운데 경제적 조건이란 역시 중요한 조건 아닌 건 아니지만 그렇다고 해서 이 한 조건만을 들어서 다른 중요한 조건들을 부인한다는 건 첫째 인간 생활의 현실이 이것을 용납하지 않는 거야. 사람이란 과연 빵으로만 사는 게 아니니까 경제적 조건 이외에도 종교적 조건, 예술적 조건, 도덕적 조건 등등 인간 생활에 불가피한 정신적 조건이 얼마든지 있는 게고 또 그 어느 한 조건을 통해서라도 경제적 조건에 지지 않게 얼마든지 합리적이요 과학적인 이론 체계를 성립시킬 수도 있단 말이오.”

“하지만 누가 이론 그대로만 꼭 지키나요? 우선 소련만 해도 벌써 신교의 자유를 허락한다고 하잖아요?”

“문제가 거기 있거든! 인간 생활의 현실이 그 사상을 용납하지 않을 게라는 것도 그런 거요. 인류가 역사를 가진 지도 이미 5천 년이 넘었지만 그 5천 년 동안 우리의 선조들이 돌에 새기고 종이에 그리고 해서 오늘날까지 우리에게 전해 준 그 가장 귀중한 유산 중 하나가 자유정신이라는 거요. 즉 인간성의 자유, 개성의 자유, 이것이 현대인의 신이요 영혼이란 것을 알아야 할 거요. 20세기의 인류에게 만약 개성의 말살과, 기계적 획일을 강요한다면 거기는 다만 타락과 암흑…… 그리고, 또 무엇을 발견할까? 이러한 정신적 질식을 완화시키려고 남녀 관계를 거의 무제한으로 방임한다든가, 대규모의 극장 설비를 단행하여 영화 연극 음악 등을 국책적으로 국민 소일에 제공한다든가 여러 가지로 대책을 강구해 보겠지만 그러한 일시적 말초 신경의 향락이나 소견으로는 인간의 제일 귀한 것은 구원되지 않을 것이며 빛나는 정신적 창조란 있을 수 없는 게고, 그러자니, 수백 수만의 ‘에세닌’은 역시 자살을 할 밖에……. 그러므로 오늘날 전 세계 인류가 도달하려 하고 성

취하려 하는 것은 이와 같은 구비한 생활 조건이 총화에서 경제 균등의 사회를 실현시키는 동시에 인간성의 자유와 정신적 존엄성을 확보하려는 것이며 이러한 진정한 세계사적 과제를 바로 포착하는 것이 가장 진보적이요 과학적인 세계관이 아닐까."

종우는 처음 혜련의 기분을 돌리려고 시작한 이야기에 술기운이 돌 때라 어느덧 자기 자신이 흥분되어 버렸다.

"저도 요즘 박 선생에게 빌려서 '유물 변증법'이란 책을 읽는데 역시 진보적이요 과학적이긴 하더군요."

혜련의 목소리는 부드러워졌다. 그러나 혜련 대신 이번엔 또 종우가 골이 났다.

"조선서야 인텔리로 자처하는 친구들이라고 해도 모두 어느 대학에서 주워 모은 노트나 팸플릿 범위걸, 어디 문제가 되나?"

그는 우선 이렇게 말했다. 그의 말속에는 마디마디 독이 들어 있었다. 혜련은 또 처음과 같이 날카로운 눈초리로 말없이 그의 얼굴을 한참동안 바라보았다. 종우는 다시 말을 이었다.

"윤 군 같은 사람을 두고 말하더라도 세상에 이름난 평론가요 극작가요 또 대학 강사까지 하는, 말하자면 자타가 공인하는 지식인지만 그 사람들한테 팸플릿 범위 이상의 무슨 창조적 주견이 한마디나 있던가?"

종우는 흡사 혜련을 비웃듯 입을 비쭉거리며 이렇게 말했다. 그는 혜련이 말끝마다 윤 군이나 박용재의 이름을 들먹이는 것이 어째 자기를 모욕하는 것 같아서 견딜 수 없었다. 이러한 종우의 빈정대는 표정은 혜련의 겨우 진정되려던 신경을 여지없이 찔러서,

"하지만 그이들은 비록 팸플릿 범위에서라도 그만한 혁명적 실천을 하고 있어요."

완연히 종우를 비웃는 말투였다.

종우는 혜련의 이 말에 머릿속이 아주 뒤집히는 모양이었다. 그는 지금까지 혜련으로부터 그가 너무 정신주의적 경향이 강하다든가 실천력이 부족하다든가 육체를 과도히 경멸한다든가 하는 따위의 충고와 비난과 불만을 받아 온 것이 한두 번 아니지만 그건 언제나 호의와 애정에서 우러난 말이지 이번과 같이 바로 박용재나 윤 군 같은 사람을 전제해 두고 이렇게 악의에 찬 조소를 받아 본 일은 물론 한 번도 없었다.

그러나 종우는 자기의 그러한 흥분을 스스로 비웃으며 의외로 부드러운 목소리로, "혜련?" 하고 불렀다.

그는 어느덧 입가에 웃음까지 띠며, "나를 괴롭히지 마시오, 나는 대체 어째야 되겠소, 나는…… 혜련도 알다시피 지난겨울 한 철만 더 산에 들어가 생각하고 나와서 이 봄엔 꼭 당신과 결혼을 하려고 했던 것이 돌연히 당신의 폐렴으로 서울을 떠날 수 없었던 것 아니오? 혜련! 나는 대관절…… 당신은 어떻게 생각하오? 꼭

바로 말해 주…… 나는 대관절 짐승일까 사람일까…… 혜련 그
것만 꼭 일러 주, 당신은 어째서 자신을 가지는가…… 나를 어째
서 당신은 용서할 수 있는가? 나는 어째서 사람이란 확신을 가질
수 있는가? 개나 돼지도 가졌다는 그 불성을 나는 어째서 나이 서
른이 넘도록 체험할 수 없는 것일까? 그러고도 나는 왜 당신을 이
렇게 그리워해야 하는가…….”

얼굴이 벌겋게 되어 이마에서 땀방울까지 떨어뜨리며 마치 무
슨 주문이나 외듯 한숨에 이렇게 지껄이다가 그는 문득 말을 뚝
끊고 불쑥 일어나려 하였다.

혜련은 당황하여 그의 손을 잡아 자리에 도로 앉히며, 말없이
한참 동안 종우의 얼굴만 바라보고 있는 것이었다.

종우는 법정에 선 죄인이 판사의 판결을 기다리는 것처럼 처량
한 얼굴로 혜련의 시선을 받아들일 뿐이었다. 그러나 혜련의 입에
서는 뜻도 아니 한, “최후로 꼭 한마디만 일러 주세요…… 전 약
한 인간…… 이대로 낙오해 가는…….”

어느덧 눈물까지 비친 채 나직하나마 어딘지 숨어들 듯한 음성
으로 이런 말을 하는 것이었다.

“…….”

“이것으로 아주 결별이 되더라도…… 꼭 한마디만…… 선생
님껜 역시 정희(貞姬)가 있고 또 전공하시는 철학이 있고 하지만

26

혜련은…… 혜련은 무엇이 있어요? 혜련은 여태껏 혼자 살아왔어요…… 여태껏…….”

“혜련!”

종우는 혜련의 푸념을 막으려는 듯이 이렇게 불렀다.

“대관절 나는 혜련의 말뜻을 알 수가 없구려…… 정희가 나와 무슨 관계가 있단 말이오?”

그러나 혜련은 종우의 말은 들으려고도 하지 않고, “전 혼자뿐예요…… 전 여태껏……” 하며 돌연히 두 손으로 얼굴을 가리며 어깨를 들먹거리고 흐느껴 울기 시작하는 것이다.

종우는 한참 동안 넋 잃은 사람처럼 혜련의 우는 양만 멍하게 바라보다가 그 새하얀 얼굴에 젖어 흐르는 눈물을 본 순간 문득 그도 혜련의 목을 안고 한없이 울고 싶은 충동에 사로잡히었다. 별안간 가슴이 뛰기 시작하였다. 그는 까닭 모를 공포와 비애에 휩쓸려 거의 무의식적으로 한쪽 손으로 자기의 가슴을 누르며, 그러면서도 그의 머릿속에서는…… 그는 곧 이 자리를 일어나야 한다는 것 여기서 다시 한 번 자기의 인간적 자존을 유린한다면 혜련과의 결혼은 영원히 결렬되고 만다는 것…… 이러한 이성의 소리를 들으며 그는 마치 몽유병자와도 같이 일어나 자기의 모자를 집어 들며 밖으로 어물어물 걸어가고 있었다. 순간 방 안은 조용해졌다. 책상 위에 놓인 시계 소리가 짤깍짤깍 들리었다. 혜련은 울음을 그치고 얼굴을 들어 문을 향해 비실비실 걸어가고 있는 종우를 노려보았다. 혜련의 눈길을 받는 순간 종우의 심장은 예리한 칼날에 베이듯 짜르르하며 그의 발은 그 자리에 얼어붙어 버렸다. 한순간 절망의 눈물이 담겨 있던 혜련의 두 눈엔 어느덧 형언할 수 없는 애련과 분노와 증오의 불꽃이 타오르고 있었다. 종우의 두 눈 언저리에는 미미한 경련이 일어나며 그의 입술은 정체 모를 미소로 일그러져갔다. 그는 부들부들 떨리는 손으로 '노프'를 비틀었다.

우연히 불빛이 반사하고 있는 복도를 돌아, 층계를 내려, 종우가 '포치'까지 나왔을 때 갑자기 뒤에서 '토드락토드락' 하고 여자의 구두 소리가 울려왔다. 종우는 그 외등이 희미하게 비치는 '포치'에서 당황히 어둠 속으로 묻혀 버렸다.

"종우 씨…… 종우 씨!"

혜련은 한달음에 '포치'에서 어둠 속으로 뛰어내려 오며 이렇게 외쳤다. 그리하여 그 캄캄한 거리 위에 또 발이 얼어붙어 있는 종우를 발견하자, "이거 가져가세요."

속삭이듯 부드러운 목소리로 이렇게 말하며 검은 책보에 싼 것을 종우에게 건네주었다.

종우는 의외로 부드러운 여자의 목소리에 간신히 정신이 돌아와 또 한 번 여자의 목을 안고 한없이 울고 싶은 충동을 깨달으며,

어느 손끝인가 발끝에서 훈훈한 피가 돌아 들어오는 듯한…… 두
발이 둥둥 구름을 타는 듯한 순간…… 그는 길바닥 위에 그대로
쓰러져 버렸다.

종우가 그날 밤 길에서 졸도한 지 사흘 뒤다. 그는 자리에 누운
채 혜련이 두고 간 혜련의 묵은 일기장들을 뒤지고 있었다.

그이는 언젠가 어려서 사주를 보니 평생이 중의 팔자라고 하던
란 말을 하셨다. 그래서 그런지 그이는 확실히 스스로 중과 같이
고독한 팔자를 만들려는 괴벽을 가진 것 같다.

아, 내 귀에는 지금도 그날 밤의 바닷물 소리가 들린다.

그이는 언젠가 이런 말씀을 하셨다. 사람과 사람 사이에 있을 수
있는 제일 위대한 사건이란 눈과 눈이 서로 마주 본다는 것 이것뿐
이라고. 그래 그이가 내 눈을 들여다보실 때마다 나는 내 눈을 되
도록이면 크게 떠서 한구석도 남김없이 속속들이 들여다보시도록
한다. 처음에는 어쩐지 쑥스럽고 부끄럽고 무언지 거북하던 것이
이젠 아주 습관이 되어서 처음의 그 쑥스럽고 부끄럽던 생각 대신
형언할 수 없는 환희와 쾌감만을 깨달을 뿐이다.

그이는 그날 밤의 탈선을 지금까지도 뼈가 저리도록 참회를 하
시고 무슨 큰 죄악이나 저지른 것처럼 아파하신다. 그것은 물론 내

가 어려서부터 성란의 동무요, 그 뒤 내가 대학 입시를 치르는 데 그이와 그이 삼촌의 은혜를 입었다는 특수한 관계도 있겠지만, 그러한 비열한 조건으로 누구를 유혹했다든가 또 유혹을 받았다든가 하는 것이 아닐진대 그렇게 별스럽게 자기 자신을 저주하는 것이 나는 도무지 알 수 없고 도로 반감이 들 뿐이다.

오늘이 시월 보름, 아아, 8월 15일이 지난 지도 두 달이나 된다.

밤중이나 되어 막 자리에 들어가 잠이 들려는데 누가 방문을 두드리기에 누구냐고 했더니 '내'라고 한 이가 그이였고 그이는 술에 취해 있었다.

"혜련."

이렇게 그이는 나를 불렀다.

"오늘 밤엔 우리 아버지 이야기를 합시다."

한참 뒤에 그이는 다음 같은 이야기를 하셨다.

"아버지는 내 나이 다섯 살 때 우리 고향서 의병을 일으켜서 왜놈을 여럿 죽이고 그러고는 만주로 달아났던 것이오. 만주서 아버지는 왜놈이라고만 하면 여자나 아이들까지도 보는 족족 다 잡아 죽이고 그뿐만 아니라 죽여서는 반드시 목을 찔러서 피를 받아 마셨다는구려. 처음 나는 하도 거짓말 같아서 곧이듣지 않았더니 이번엔 북지서 나온 신덕상이란 노인을 오늘 만나 이 노인의 이야기를 들으니, 이 노인이 바로 우리 아버지 뒤를 따라다니던 인데 그것이 정말이라는구려. 두 눈에 핏발이 벌겋게 되어 언제나 병을 차고 다니다가는 왜놈의 목을 찌르면 그 병에 피를 받아 넣어 마신다는 구려. 음식이래야 만주 소주와 왜놈의 피와 무가지밖에 별로 잡수신 게 없었다는구려. 그러시다가 결국 왜놈의 손에 잡히어 대련 감옥에서 옥사를 하셨지만, 그것은 내 나이 열네 살 되던 해요. 그런지 두 달 만에 어머니마저 잃고 우리는 완전히 고아가 되어 외삼촌 댁엘 왔던 것이오…… 이제 우리 아버지를 잡아먹은 왜놈이 거꾸러진 지도 두 달이 되었고 지금 나는 뒷산에 올라 아버지의 산소를 향해 절을 하고 내려왔소.”

나는 그이의 이야기를 듣는 동안 웬일인지 눈물이 자꾸 흘러내려 손수건을 함뿍 적시었다.

오늘은 성란이 와서 그이는 평생 결혼을 하시지 않을 게라고 하였다.

“너도 알겠지만 우리 오빠 지독한 정신주의자다. 너를 평생 동안 정신적 애인으로만 삼고 결혼은 절대로 안 할 게다.”

나는 성란이 돌아간 뒤 온종일 우울하였다.

내일부터 박용재 씨가 공교롭게도 우리 학교에 나와 함께 일을 보시게 되었다고 한다.

나는 확실히 이 아파트 생활엔 지친 모양이다. 이따금 턱없이 화가 치밀어 견딜 수 없다. 이것이 히스테리 관계인지도 모르겠다. 지나간 십여 년 동안 수백 번 혹은 수천 번의 그이와의 시선 교환을 통해서 나의 영혼은 내 몸의 피와 기름과 함께 송두리째 그이에게 옮겨 가고 말았다. 그이는 본래 중의 팔자를 타고났다니까 몇십 년 동안이고 이렇게 참고 외롭고 슬픈 생활을 견디어 낼 수 있는 겐지 모르나 선천적으로 빈약한 나의 영혼으로는 이제 더 감당해낼 힘이 없다. 이제 그이가 3년만 더 이 생활을 나에게 강요하신다면 내 몸은 분명히 뼈와 꺼풀만이 남을 것이다. 그보다도 나는 아주 죽어 버릴는지도 모른다.

교장이 나에게 박용재 선생을 어떻게 생각하느냐고 하였다. 나는 아직 결혼에 대해서는 생각해 본 적이 없다고 했더니, 교장은 또 물론 자기도 박 선생의 부탁을 받고 하는 말이나 자기의 생각에도 훌륭한 자리 같으니 자신의 행복을 위해서 신중히 고려하라고 하는 것이었다.

오늘은 또 성란이 찾아와서 '박 선생과 결혼을 하게 된다지' 하고 졸랐다. 나는 물론 그이와 결혼할 날을 기다린다고 했다. 만약 그이 이외의 사람과 결혼을 할 수 있다면 물론 박 선생도 훌륭한 사람이라 생각한다고 했더니 성란은 '우리 오빠는 평생 가야 남과 같이 가정을 가져 본다든가 무슨 기술에 열을 낸다든가 그러지는 못할 거야. 밤낮 드러누워서 이것저것 지나간 일이나 생각하고 그러다가 이제 한 사십쯤 되면 아주 절로 들어가 바로 중질을 할 테니 두고 보라'는 것이다. '게다가 또 그뿐만도 아니다. 오빠에겐 정희란 여자가 있다. 오빠가 스물여덟 살 때 색주가 하나를 빼내서 우리 삼촌과 말썽을 내버리고…… 오빤 첨으로 동정을 바쳤다고 밤낮 자랑을 하지 않아? 바로 그 여잔데 오빠와 두 사람 사이엔 특별한 무슨 관계가 있는 모양이더군. 적어도 오빠가 소위 결혼이란 걸 한다면 그건 정희 이외의 다른 사람은 절대로 없을 게야…… 이 점은 내가 보증을 설 테니 어디 두고 봐' 하는 것이다.

나는 갑자기 눈앞이 캄캄해졌다. 나는 한참 동안 아래턱이 덜덜덜 떨리어 말을 할 수 없었고 성란에게 내 얼굴을 보이기가 무서워 외면을 하였다. 성란은 손수건을 내어 제 먼저 눈물을 닦으며 목이 메어 그렇게 여자란 가없은 게라고, 일껏 한 남자를 위해서 일생을 바치리라 해도 남자의 맘이란 언제 변할지 모른다는 것이다. 남자야 사십이 돼서도 장가를 들고 오십이 되어도 외도를 하지만 여자란 한껏 해야 서른 고개 넘으면 일생은 아주 굳어진 게 아니냐고…… 아무리 제 오빠이긴 하지만 같은 여자의 하나로 자기들의 운명이 한스럽다고 하였다.

성란의 말을 들으면 그이는 이즘도 가끔 정희와의 사이에 육체적으로 교섭이 있다는 것이다. 그렇다면 나는 과연 그이의 정신적 애인으로만 일생을 마칠 수 있을까. 그이가 그렇게 이중생활을 하신다면 나도 이 기회에 아주 박씨와 결혼을 해 버리는 것이 옳지 않을까.

최후로 한 번만 더 그이의 다짐을 받아 보자.

종우는 여기서 일기장을 팽개쳐 버리고 눈을 감았다. 그는 더 이상 더 혜련의 일기를 뒤질 수가 없었다.

종우는 지금까지 자기의 거룩한 미래의 아내인 혜련에 대하여 자기 딴은 힘 미치는 데까지 사람 노릇을 한번 해 보노라고 한 것뿐이고 그것이 도리어 혜련을 점점 오해와 절망으로 몰아넣고 말았다 해도 자기로서는 혜련과의 결혼에 도달할 수 있는 최선의 첩경을 걸어왔을 뿐이라고 스스로 위로했다. 다만 알 수 없는 것은 오직 하나 성란의 심정뿐이다. 성란이 제 친정 오라비인 종우에 대하여 무슨 그리 뼈에 사무칠 원한이 있기에 이다지도 잔인하고 가혹한 마음을 가지고 있단 말인가. 본래 결혼을 하려야 할 수 없는 병든 몸이기도 하거니와 그보다도 한껏 좀 외롭게 살아 보고 싶은 청춘의 몸부림도 있고 하여 일체의 결혼에 대한 수의를 한참 거절하여 왔던 것인데, 그즈음 종우의 심경이라면 무엇이든 그대로 제 것으로 해 버리는 버릇이 있던 성란은, 종우의 그 무서운 병이 완쾌되는 날까지 그의 간호와 치다꺼리로 일생을 같이하리라 혼자 속으로 결심했던 것이었다. 그러나 이러한 성란의 심경은 그대로 다시 종우에게도 전달되지 않을 수 없어서 이것을 차마 묵인할 수 없는 종우는 그때 마침 상경해 있던 윤 군이 집에 묵고 있던 기회를 이용하여 혜련과 더불어 계획적 여행을 떠나 버렸던 것이다. 종우로 말하면 분명히 누이의 불행을 덜어 주려 한 것이 본의였고 과연 그길로 윤 군과의 결혼은 성립이 되었고, 그간 내외의 금실로 보나 성란의 다정한 성격으로 보나 언제든지 한 번은 반드시 풀릴 날이 있으리라고 믿어 온 오빠에 대한 원한이 이날까지 그냥 남아 있어 이제 종우의 생명 전부가 매이다시피 된 혜련과의 사이에 틈을 내려고 애꿎은 정희까지를 끌어넣는 것인가 하고 그는 한숨을 지었다.

그는 온종일 자리에 드러누워, 오래간만에, 참으로 오래간만에 하루를 쉴 수 있었다. 나이 사십을 바라보는 남자에게 어이한 설움이 그렇게도 많은지, 온종일 펑펑 솟는 눈물을 그는 부끄러워할 줄도 몰랐다. 사흘째 되던 날, 해가 지고 거리에 어둠이 내린 뒤 그는 집을 나왔으나 그동안 굶기만 한 그의 몸은 후들거릴 뿐으로 조금도 시장함을 깨닫지 못했다. 바에 들러 술을 몇 잔 마시고 나서 종우가 혜련의 아파트를 찾아간 것은 밤도 10시가 지난 뒤였다. 혜련의 방에 불이 깨진 것을 보고 처음은 벌써 잠이 든 것인가 했더니 방문이 그냥 잠겨 있으므로 곧 돌아오리라 생각하고 잠깐 기다려 보리라 한 것이 문에 몸을 비스듬히 기댄 채 어느덧 잠이 들어 버렸던 것이다. 종우가 눈을 떴을 때는 그의 앞에 두 여자가 서 있었다. 혜련과 성란……. 순간 종우는 가슴이 뛰기 시작하였다. 두 여자의 뒤를 따라 종우는 묵묵히 방으로 들어가 전등이 켜지자 시계를 꺼내 보았다. 11시 반. 종우는 언제나 하는 버릇인 혜련의 눈을 바라볼 것을 피하였다. 그 대신 성란을 향해, 밤이 이렇게 오래됐는데 집으로 바로 가지 않고 왜 이리 들렀냐고 인사를 하였다.

"밖에서 같이 저녁을 먹고 헤어지려다 좀 더 놀고 싶어서……."

성란은 변명을 하듯 거북한 말씨였다. 그러고는 한참 동안 아무도 입을 떼지 않아 무거운 침묵이 그들을 괴롭히었다. 종우는 다시 성란을 향해, "마침 이렇게 잘 만난 셈이다…… 나는 지금부터 혜련에게 청혼을 하려고 한다…… 네 생각은?"

"정말이에요?"

갑자기 성란은 두 눈에 불을 켜듯 하며 이렇게 물었다.

종우는 조용히 입을 열었다.

"물론 정말이다…… 나는 지금까지 이 사람이란 동물을 좀 과대평가해 왔는지도 모르나 인류적 자존을 저주하고 절망하는 것을 마치 무슨 현대인의 의무나 자랑인 것처럼 생각하는 건 확실히 제 자신들의 저열과 무성의에서 오는 현대적 타락이요 일종의 우상 중독이다…… 사람이란 확실히 좀 더 사랑하고 믿을 수 있는 동물이다…… 나는 이제 혜련을 사랑할 만한 자격과 자신을 가졌을 뿐 아니라 지금까지 인류적 자존에 대하여 바쳐 온 내 정열이 결혼으로써 정당한 결실을 가질 게라고 믿는다…….”

“글쎄요, 그것이 오빠의 자기변호가 아닐는지?”

성란은 역시 비웃는 얼굴로 이렇게 말했다.

“음, 설사 네 말대로 이것이 나의 자기변호라고 하자…… 내가 내 자신을 변호할 수 있는 것만 해도 나에게 있어서는 막대한 성공이요 거의 기적과도 같은 승리다…… 그리고 너는 지금도 그렇게 이죽거리지만 네 입으로 한 번도 네 결혼을 후회한 적이 없었다…… 분명히 너도 결혼을 했다.”

“제 결혼이야 제가 했으니깐…….”

“음, 그건 나도 안다…… 그렇더라도 너는 나를 의심할 권리가 없다…… 너는 나를 존경해야 한다.”

“오빠!”

성란의 두 눈엔 또 불이 켜졌다.

“……”

“……”

두 남매는 한참 동안 숨소리도 없어 서로 마주 바라보았다. 성란의 두 눈에서 눈물이 돌기 시작하였다. 다음 순간 성란은 피가 맺히도록 입술을 깨물며 황급히 밖으로 뛰어나가 버렸다.

성란이 밖으로 뛰어나가 버리자 종우는 혜련의 곁으로 가며, "혜련!" 하고 불렀다.

"우리의 결혼을 허락하시오."

"……."

혜련은 약간 발그레해진 얼굴에 슬픈 미소를 띤 채 말없이 종우를 바라보았다.

"엊그제 밤 바로 이 자리에서 나는 이것을 결심했소…… 혜련의 그 오랜 아픔에서 내가 분명히 용서받은 것을 깨달았을 때, 그러나 나는 다행히도 그 자리에서 일어날 수 있었구려! 혜련! 내가 길에서 쓰러졌다고 해도 그것은 내 자존을 보장하는 증거는 될지언정 혜련에 대한 나의 애정이나 존경을 의심할 이유는 들어 있지 않다고 생각하오."

"……."

혜련은 고개를 수그린 채 긴 한숨을 내쉬었다. 그는 곧 눈물이 쏟아지려는 것을 누르듯 자기의 손바닥을 가만히 들여다보고 있었다.

5월 열하룻날이 종우 아버지의 휘일(諱日)이었다. 해방 이래의 첫 제사라 하여 종우의 삼촌은 여러 날 전부터 청결히 하고 음식 준비를 하였다.

종우는 종우대로 또 이날 삼촌 내외분과 성란 부처 앞에서 혜련과의 결혼식을 거행하려 했던 것이다. 처음 삼촌 내외는 왜 하필이 모양으로 좁은 집 안에서 결혼식을 치르냐고 펄펄 뛰었으나, 기어이 종우가 고집을 세워서 그의 삼촌 내외도 필경 양보를 하고 말았던 것이다.

다만 성란 부처가 어찌된 셈인지 끝끝내 나타나지 않고 말았다. 몇 번이나 전화를 걸고 또 일부러 사람을 보내고 했어도 그들은 칭병을 하고 오지 않더라는 것이었다. 며칠 전 종우의 숙모가 성란더러, "이번 아버지 제삿날엔 너희 내외 꼭 와야 한다" 했더니, 성란은 그냥 입을 비쭉하고 돌아서 버리더라는 것이었다.

이리하여 성란 부처가 결국 보이지 않은 대신, 마침 시골서 이 제사에 참례하려고 일부러 올라온 종우의 고모 내외분이 있어, 필경 삼촌 내외분과 네 사람 앞에서 혜련과 종우는 서로 절을 하였다. 그러고 나서 그들 사람들과도 절을 하였고, 그것으로 결혼식은 간단히 끝나 버렸다. 이튿날은 일요일이요, 또 독립 전취* 국민 대회를 하는 날이었다.

*전취(戰取): 싸워서 목적한 바를 얻음.

종우 내외, 삼촌 내외, 고모 내외 이렇게 세 쌍의 남녀가 서울 운동장에 갔을 때 그 넓은 운동장은 벌써 만원이 되어 문자 그대로 거의 입추의 여지가 없을 판이었다. 라우드스피커에서는 연속 선동적 사자후*가 '왕왕' 울려 나오고 만장의 민중들은 파도 소리 같은 아우성과 함께 주먹을 들어 흔들었다.

"어저께 첨으로 광고가 붙었던데, 하루 동안에 어쩌면 이렇게들 많이 모였을까?"

혜련은 감탄하듯 종우를 보며 이렇게 말했다. 종우도 혜련의 말을 받아, "글쎄, 이런 데서 역시 민족혼이라는 걸 보는 게지."

이렇게 대답은 하였으나 그의 마음은 어느덧 7, 8년 전의 옛날로 돌아가 그가 처음으로 각혈이란 것을 하던 날, 그 퍼런 유리병에 넣은 벌건 능구렁이를 그의 코끝에 들이대며, "이제 이놈 죽어서 마디마디마다 두꺼비 새끼가 나는 걸입쇼. 아주 불개미 떼같이 까맣게 나는뎁쇼" 하던 강 서방의 말이 귀에 쟁쟁 울리어 왔고 그러나 이 불개미같이 많은 두꺼비 새끼들 중에도 성란 내외는 역시 들어 있지 않다는 사실을 그는 혜련에게도 이야기하고 싶지 않았다.

*사자후(獅子吼): 사자의 우렁찬 울부짖음이란 뜻으로, 크게 부르짖어 열변을 토하는 연설을 이르는 말.

젊은 초상

"학상…… 학상, 일어나요!" 하는 소리가 이따금 귀를 찌르는데 그래도 잠은 자꾸 온다…… 라기보다, 눈을 감고 코를 골며 잠자는 시늉을 내고 있는 겐지 모른다. 관성(慣性)이란 말은 이런 데도 적용되는지.

"학상, 오정이요, 인제 그만 일어나요!"

안채 마루에서 또 주인의 소리가 들린다. 방직 회사인지, 고무 공장에선지, 사이렌이 나는 것도 같다.

'네, 네' 몇 번이나 대답을 하는 건데 정말 했는지 어쩐지, 눈은 아직 감은 채로다. 파리가 자꾸 온다. 입술을 빨고 콧구멍을 간질이고 몹시도 성가시다. 이때같이 살생송(殺生頌)을 부르고 싶을 때가 없는데, 손을 들어 치면 내 얼굴이 '철썩'할 뿐이다. '철썩'이라고 제법 살이나 붙은 것처럼 말하지만 사실은 몹시도 마른 내 얼굴이다. 창밖엔 새들이 운다.

눈을 뜨긴 떴는데 대체 파리가 한 마리도 없다. 천장을 봐도, 벽을 봐도 없다. 손으로 내 얼굴을 만져 본다. 틀림없다. 내다. 그런데도 눈을 뜨고, 암만 크게 떠도 없다. 사람이 눈으로 본다는 것도 얼마만한 근거가 있는 일일까, 새삼 의문이 든다. 이때 또다시 눈이 뜨인다. 문종이가 햇빛을 받아 훤하다.

"이젠 겨울이 아니구나."

나는 눈을 비비며 이렇게 입속으로 중얼거려 본다. 하루 한 번씩밖엔 끼니를 먹지 않으니 이때마다 허기가 든다. 이불을 차고 일어나려 해도, 두 팔에 맥이 확 풀린 채 허리가 가눠지지 않는다.

이때 문종이에 검은 그림자가 어른거리더니 미닫이가 쓱 열리며 주인이 얼굴을 디민다.

"아, 여태 안 일어났수?"

이맛살을 찌푸리고 몹시 볼멘소리를 하지만 그러나 이건 실상 짜증이라 할 성질의 것이 아니요, 일종의 애교나 붙임성으로 볼 수밖에 없다. 이런 것은 꽤 정다운 남편과 아내 사이에도 종종 있으니까.

나는 어쩔 수 없이 그를 보고 빙그레 웃어 준다. 그렇다, 정 어쩔 수 없어 웃는 거다. 그러자 주인은, "빨리 일어나 세수나 하슈, 아, 오정도 넘었는데……."

42

웃는 얼굴에 침 뱉으랴, 그도 어쩔 수 없는지 먼저보단 한결 부드러워진 목소리다. 그러나 다음 순간에 내 쪽에서 화가 났다. 나는 왜 웃어 주었을까.

그 대신 나는 그의 재촉질을 무시해 버리기로 한다. 나는 아무런 대꾸도 없이, 머리맡을 더듬어, 손에 집히는 꽁초에 성냥을 그어 댄다. 그러고는 연기를 한 모금 깊숙이 빨아들인다.

이 아귀들이 오늘은 또 얼마나 들볶으려고 아침부터 이러나?

방문을 여니 세상엔 5월이 무르익고 있다. 지금도 내 눈에서 눈물을 자아내게 하는 것은 저 퍼런 나뭇잎뿐이다. 저 푸른 나뭇잎들은 언제 보나 어린애처럼 나를 슬프게 한다. 어머니를 보면 이렇게 될까?

세숫물에 손을 담그고 앉아 생각해도 너른 천지에 혼자 가는 것만 같다. 사람이란 왜 이렇게도 고독해야 하는지. 물에 넣은 손을 한참 들여다보고 있노라니 두 손등에 뻗은 푸른 정맥이 점점 부풀어 오르는 것 같다. 갑자기 혈액 순환이 활발해지기 때문일까. 이 정맥이 시방 심장으로 들어간다. 아니, 바로 우심방으로 들어간다. 우심방에서 우심실로 옮겨, 우심실에서 폐로, 폐에서 도로 맑은 피가 되어 좌심방으로 들어가, 좌심방에서 좌심실로, 좌심실에서 동맥으로 돌아 나오는데, 그동안 나는 이렇게 코로 공기를 들이켜는 것이다. 이것이, 내가 살아 있다는 증거다. 한참 동안만 숨이 그치면 핏줄은 멎고 심장은 썩기 시작하리라. 심방이 수축되며 심실이 열리고 심실이 수축되며 동맥으로 쏟아지고 하는 피의 순환, 이것이 그 둘도 없이 고귀하다는 생명이란 거다. 그것은 저 마루 끝에 고양이를 벗하여 햇살을 쬐고 있는, 입술이 명태 껍질 같은 이 집 할머니도 그러하고, 그 발치에서 비누로 고무신을 닦고 있는 하나같이 다를 것 없는 생명들이 아닌가. 그러면 나의 이 외로움이란 어디서 오는 것일까?

나는 얼굴을 들어 또다시 신록을 멍하니 바라본다. 잎새마다 햇빛을 받아 반짝이는 버드나무 위로 제비들은 가벼이 서로를 부르며 허공에 동그라미를 그리고, 이따금 전차 가는 소리가 어느 먼 추억같이 '낑낑' 울려오곤 한다.

"어느새 저렇게 나무가 푸르러졌구먼."

나는 도로 고개를 떨어뜨리며 혼잣말로 중얼거려 보는데, "아이 학상두, 인제 아주 여름 날씨가 다 됐대두 그래?"

노파가 명태 껍질을 이쪽으로 돌리며 대꾸다.

그런데 대관절 나는 저 명태 껍질과 고양이가 여간 거슬리는 것이 아니다. 그리고 내가 처음으로 이 집에 들었을 때는 선상이니 선상님이니 하던 것이 하숙비 좀 밀렸다고 천대를 하는 겐지, 어느덧 학상으로 칭호마저 격하가 되고 말았다. 그러니 난들 속 편할 리는 없고, 그래 일부러 못 들은 체하고, "흥, 인제 참 겨울이 아니지?"

또 한번 혼잣말같이 중얼거려 보는데, 명태 껍질도 여기엔 결코 지질 않는다.

"아이, 겨울이 언제 겨울이오? 그새 꽃이 다 폈다 졌는데, 인제 와서 학상두."

명태 껍질의 말씀대로 이제 꽃도 다 졌는지 모르겠다. 그러나 내 방은 창밖의 꽃을 모르리 만큼 줄곧 춥고 음산만 했다. 가끔 입으로는 이제 꽃이 필 게다, 또 잎이 필 게다 했었지만 그러면서도 왜 '곧장 겨울이거니'만 하고 있었는지 모르겠다. 매일 나다니면서도 나는 그것을 보지 않았던가. 보면서도 그것을 현실 아닌 꿈으로만 생각했던가.

여느 때와 같이 세숫물을 버리고 수건으로 이마를 닦고, 하늘을 한번 쳐다본다. 아아, 내가 하늘을 쳐다본다. 나는 어쩌다 이렇게 마음이 풀렸을까. 하지만 이건 암만해도 나에게 어울리잖는 월권 행위만 같다. 밤낮 머리를 수그리고 살아야 하는 내 주제에 하늘이 당할 말이냐. 그것도 제법 푸른 하늘을.

처음으로 아담을 유혹하고 났을 때의 이브의 심정이 이랬을까. 아니 잠든 누나의 입술을 훔치고 난 여섯 살배기 어린아이의 심정이라고 해 두자.

밥상을 물리고 또 자리에 쓰러진다. 방 안은 역시 문종이 한 장 밖에 무르익은 5월을 모른다. 차고, 눅눅하고, 굴속같이 어둡고…… 안 되겠다. 자리에서 일어난다.

그러나 갈 곳이 없다. 벽과 벽과, 벽과 천장뿐이다. 온종일 벽을 바라보고 누워 공상에 잠기다가, 바라보던 벽에 지치면 공상이 어수선한 꿈으로 이어지고, 꿈에서 다시 눈을 뜨면 일어나 몇 번이든지 입이 째지도록 하품을 하고 그러고는 또 쓰러져 다시 잠이 들고…… 이것이 매일 거듭하는 나의 일과다. 이리하여 밤이 온다.

밤이면 어디로든 갈 수도 있다. 어디로든지 갈 수 있다는 것만 해도 밤이 낫다. 캄캄한 어둠 그것은 햇빛과 하늘을 외면하고 사는 나에게 있어 얼마나 은혜로운 손길이냐?

낮에 거리를 거니는 것처럼 나에게는 괴로운 일이 없다. 갠 하늘 밑에 설 때처럼 내 가슴이 어두운 적은 없다. 하긴 오늘도 이불을 뒤집어쓰고 눈을 감으면 그만인데. 그런데 어째서 이런 말을 자꾸 거듭하게 되느냐 하면, 아까 노랑 수염(이 집 주인)의 거동을 보니 오늘은 암만해도 연극이 한 막쯤 있을 것 같기 때문이다.

옛날에 나에게 일기를 권한 사람이 있다. 그는 나에게 이르기를 너는 장차 얼마나 훌륭한 인물이 될지 모르는데, 만약 그렇게 훌륭한 인물이 될진대 지금의 너의 그날그날의 생활을 그대로 적어

둔다는 것이 얼마나 뜻 깊은 일이겠느냐는 것이었다. 이 말이 내 가슴을 찔러—보다는 내 허영심을 자극시켰다고 할까—이날부터 시작한 소년의 일기는 10여 년이나 계속되었다. 지금 저 방구석에는 아직도 먼지투성이가 된 일기책 한 권이 굴러다닌다.

작년친지 재작년친지 좌우간 내 맨 마지막의 일기일 것이다. 열 장 스무 장 흰 종이를 넘겨 두서너 줄씩 적혀 있다.

정월 9일

오늘 밤엔 눈이 온다. 밤이 새도록 온다. 온 천지가 희다.

하늘이 베푸는 향연은 과연 풍성하고 관대하다.

3월 20일

한 개의 생명이란 고독을 의미하는 것인지 모르겠다.

5월 3일

청산도 절로절로 녹수도 절로절로

그중에 병 없이 난 몸이 늙기도 절로 하리라.

산 절로 수 절로 한데 산수 간에 나도 절로

이렇게 절로절로 하고 살던 사람들은 얼마나 행복했을까. 안타까움에 한번 적어 본다.

7월 21일

까마득한 허공에 한 마디 반딧불 같은 것이 사람의 생명인지 모르겠다. 조그만 푸른빛을 에워싼 허무의 공간은 너무나 크다.

10월 10일

나뭇잎이 다 진다.

10월 17일

오늘 밤에도 비가 온다. 검은 비다. 나도 잠들었으면 좋겠다.

비는 밤새도록 내린다.

이렇게 일기책을 뒤적이고 있는데, 문종이에 몇 번이나 사람의 그림자가 어른거리더니, 이윽고 미닫이가 드르륵 열리며 동시에, "학상 이거 안 됐슴다" 하는 노랑 수염의 목소리다.

"……."

"이거 미안해서…… 도제 학상한테 퍽 미안하게 돼서, 내 형편이 급하다 보니깐두루……" 하다 말을 끊고 내 얼굴을 살피고 나서, 다시 "내 형편이 워낙 급하다 보니깐두루, 거야 학상한테는 여간 미안한 게 아니지만 아, 이렇게 말씀드리지 않아도 학상이야 어련히 다 아실까만 내 집 형편이 도제 말할 수 없는 처지라서, 그

48

래서, 부득이 이 방에 사람을 들이기로 했는데…… 이거 학상한테 여간 미안한 게 아닙니다만 내 형편이 워낙 급해서요. 그러니 학상께서는 저희 방으로 옮기시도록 하세요. 이제 날씨도 여름 다 되고 했으니 나는 마루로 나오겠어요. 그러면, 낮으로는 학상 혼자 거처하시고 밤으로는 부득불 할머니와 같이 주무셔야 되겠습니다. 그리고 이런 말씀드리기 여간 미안하지 않습니다만 내 형편이 워낙 급하고 보니깐두루 할 수 없는 일 아니겠세요? 인제 뭐 여름도 다 되고 해서 아무 데라도 상관없어요."

처음엔 무척 어려운 듯 머뭇거리더니 담배 연기를 몇 번 불고 나선 그만 이렇게 수다한 말이 삽시간에 쏟아져 나왔다.

그러나 나는 이제 이만한 형편쯤엔 놀라고 싶어도 놀라지 않을 위인이 되어 있다. 팔짱을 끼고 어깨를 바람벽에 기대고 비스듬히 앉은 채 잔뜩 거만하게 그의 얼굴을 바라보고만 있으면 된다. 그런데 그렇게 한참 동안 묵묵히 노려보노라니까 문득 그의 노랑 수염이 가엾어진다. 딱딱하게 생긴 두 눈과 퍼릇퍼릇 멍이 든 듯한, 부석부석 부은 듯한 두 볼과, 밤알 같이 불거져 나온 광대뼈와, 초조하게 꼬부라진 턱과…… 이 얼마나 고달픈 중생의 모습이냐. 아, 모든 살아가는 자들의 고달픔이여.

나는 결코 그의 형편에 동정하는 것이 아니다. 구더기 항아리 같이 구질구질한 인간 대열의 한 모습, 그것이 곧 영원한 내 자신의 그림자인지 모른다.

나는 더 견딜 수 없이 숨이 갑갑해졌다. 나는 잠자코 일어나 벽에 걸린 낡은 양복저고리를 벗겨 들었다.

나는 방을 나온다. 이마에 햇빛을 느끼는 순간 눈언저리에 어뜰어뜰 현기증이 인다.

땀과 먼지가 전 겨울 모자를 푹 눌러 쓰고 등이 낡고 무르팍이 해진 검정 사지 양복을 걸치고 동대문 쪽에서 종로로 향해 어정어정 걸어가는 청년 신사, 아니 거지 학생이라도 좋지만, 그가 곧 나다. 구두 옆구리로는 발가락이 내밀리고 눌러쓴 모자 밑으로는 시커먼 머리가 귀를 덮었다.

나는 몇 번이나 내 몸이 진열장 유리창과 거울에 비칠 적마다 수그리고 가던 머리를 들고 한참 동안 발을 멈추어 서곤 한다.

해골 같이 되더라도 여위는 것쯤은 문제없다. 그런데 허리가 왜 저리 굽어졌을까?

나는 혼자 속으로 이렇게 중얼거린다.

나는 지금 A사에 K씨를 만나러 가는 길이다. K씨는 나의 고향 친구라 해도 좋지만, 그보다는 선배라는 편이 더 옳고, 나의 삼촌의 친구라고 하면 그보다도 맞는다. 그는 강개한 지사요, 또 인망 있는 작가요, 사람으로서도 참 무던하다고 일컬어지는 양심적인 인물이다. 그런데 어쩐지 나에게는 늘 솔직하질 못한 것 같다. 나만 대하면 그는 언제나 흐린 얼굴로 침묵을 지키지 않는가. 나를 보기만 하면 누구나 그렇게 우울해지는 것일까. 혹은 진실해지느라고 그런지 모른다고 해두자.

나는 또 어느덧 공상에 빠지기 시작하였다. 내 머리는 점점 아래로 떨어뜨려지고 입으로는 자꾸 구더기란 말을 되씹고 있다. 구더기는 구더기와 좋아하여 구더기는 구더기를 낳고, 구더기는 구더기가 썩어 구더기는 구더기가 되고…… 그러나 이 구더기 항아리란 어느 순간에 산산조각이 되어 허공에 흩어질는지도 모른다. 그랬으면 차라리 속 시원하겠다. 그날을 기다리기 위해서라고 해도 살아가는 이유는 된다. 아니 그것은 거짓말이다. 거짓말까지는 아닐지라도 절반쯤은 그냥 말〔言語〕 같은 거다. 그 '말 같은 거'보다는 확실히 더 절실한 것이 있다. 나에게는 약간의 돈이 더욱, 우선 급하다. 한 사발의 설렁탕과 한 주전자의 막걸리와 해사하게 웃어 주는 계집애와 그런 것이 먼저다.

자동차가 내달으며 먼지를 끼얹는다.

브라보! 반가운 친구! 어서 오게, 이왕이면 나를 아주 집어삼켜 주게.

나는 역전의 용사가 전장을 가듯 태연히 버티고 서서 먼지를 들이켠다. 그러고는 또 혼자서 중얼거린다.

에이 퉤, 퉤, 구더기 같은 것들!

무덥다.

이마로 목덜미로 겨드랑이로 등솔기로 전신에 땀이 흐른다. 하늘에 오고 가고 하는 구름도 생통 촌뜨기 같이 무거워만 보인다. 소나기라도 한줄기 쏟아질 모양이다.

소나기든 천둥이든 벼르지만 말고 오려거든 어서 오려무나. 우지끈 꽝꽝 해치워 버려라.

문득 저쪽 서점에서 한 군 같은 사람이 나온다. 순간 나는 얼핏 돌아서 버린다. 그러고는 머리를 떨어뜨린 채 또 걸어간다. 한 군이 언제 상경했을까, 감옥에서 늑막염을 앓는다더니, 병은 어찌 되었을까. 한 군을 나를 보지나 않았을까. 그런데 참 나는 왜 한 군을 만나지 않고 돌아서 버렸을까? 아니 한 군 같던 그는 한 군이 아닐지도 모른다. ……정 군이 달포 전부터 곧장 문둥이 될 예감이 드노라고 하더니 절로 들어가 칼모틴을 먹고 뻗어 버렸는데 한 군은 이걸 들었는지 모르겠다. 한 군이 감옥에 들어간 한 해 동안에, 박 군은 고주망태가 되어 버렸고, 윤 군은 드디어 사냥개가 되고 말았는데, 그리고 이번은…… 나, 내 차례…… 나는 또 눈언저리와 입가장자리에 심한 경련이 일어난다. 그렇다, 나도 무엇이든 되어야 할 차례이긴 하다. 그냥 구더기로 끝날 수야 없지 않은가.

바로 이때다. 내 어깨를 건드리는 자가 있다. 그는 한 군도 박

군도 윤 군도 아닌 젊은 구세군이다. 나는 눈언저리에 아직도 경련이 진정되지 않은 채 이 젊은 구세군을 환영해야 한다. 그는 내턱 밑에 대뜸 구세주본가 무언가를 쑥 디밀며 허리를 굽실하더니, 잠자코 손가락으로 동그란 구세군 모자를 가리킨다.

"한 부 받아 주십시오. 2전올시다."

2전이 아쉬워서가 아니라 당신을 구원하기 위해서랍니다, 라고 나 할 것 같은 얼굴이다. 이 친구 사람을 잘못 보았군, 나는 조용히 구세군을 뿌리친다.

"네, 여보세요. 단돈 2전올시다, 돈 2전을 아끼십니까? 담배 한 갑, 술 한 잔을 자시려면 적어도 10전 이상이 들잖습니까?"

그는 한참 동안이나 내 뒤를 따라오며 봉변을 준다. 나는 물론 돌아다볼 힘도 없지만, 조금만 친절을 베풀 수 있다면, 귀한 물건은 싸게 팔지 말라고 타일러 주고 싶다. 겨우 하나를 떨치고 나니 또 하나 온다. 이것도 젊은 친구다.

"한 부 받아 주십시오, 단돈 2전입니다, 네, 여보세요, 돈 2전이 없을 리 있습니까? 담배 한 갑, 술 한 잔을 자시려면 적어도 10전 이상이 들잖습니까?"

나는 발을 멈추고 서서 이 친구의 얼굴을 한참 감상하기로 한다. 무어 재미가 좀 있나요? 꽤 신이 나는 편입니까? 나는 이렇게 맘속으로만 그에게 물어보기로 한다. 그도 내 얼굴을 한 번 더 바라본다. 그러곤 돌아서 버린다. 흥, 형편없는 거지 녀석이로군.

나는 또 머리를 떨어뜨리고 걸어간다. 웬걸 벌써 햇살은 이리도 따가울까. 목덜미론 쉴 새 없이 땀이 흐른다. 아아, 나는 무슨 목적으로, 어디를 가느라고 이리도 땀을 흘려야 하는가. 아니, 이건 좀 주제넘는 질문이다. 그럼 밤낮없이 방구석에 이불을 쓰고 누워서 잠만 청하고 있는 것은 무슨 목적이냐. 다른 내가 나에게 분연히 시비를 걸고 덤벼든다.

"이 군 아닌가?"

누가 활기 있게 내 어깨를 툭 친다.

나는 깜짝 놀라며 고개를 든다. 깜짝 놀란 것과 고개를 든 것은, 보통 '동시'라고 말하지만 사실 그렇지 않다. 깜짝 놀란 것이 확실히 먼저요, 고개를 드는 것은 그다음이다. 이건 왜 따지느냐 하면, 깜짝 놀랐을 땐 앞에 '누가'라고 말한 것처럼 사실 누군지 몰랐는데 고개를 들면서(그것도 물론 순간이지만) 그것은 S군이란 직감이 들었기 때문이다. S군이었다.

S군은 손을 내민다. 악수를 하자는 거다. 나도 물론 주저하지 않고 손을 내밀긴 하지만 떨어뜨렸던 팔을 들어올려 손을 내민다는 것만 해도 나에겐 여간 고역이 아니다.

S군은 어디서 악수할 용기가 다 날까. 그냥 얼굴을 봤으면 됐지. 그리고 아무래도 웃음 같은 것도 좀 비쳤을 테니까, 그랬으면

됐지, 제법 악수를 다 하다니…….

나는 겨우 S군의 손에서 내 손을 뺀다. 그러고는 내가 먼저 묻는다.

"어디 가는 거야?"

"자네한테."

군은 웃음을 거두고 내 얼굴을 똑바로 바라본다. 내가 몹시도 얼굴을 찡그린 모양이다.

"왜, 어디 아픈가?"

"아니."

"내, 돈이 좀 생겼는데 술이나 한잔 하지."

"……."

나는 말없이 그의 뒤를 따른다.

선술집.

노란 약주 두 잔을 놓고, 안주를 시킨다. 빈내떡에다, 생선 졸인 걸 한 접시, 그러고는 찌개를 하나 시킬까고 묻는다. 나는 해라, 마라 할 힘도 없는 듯 S군의 얼굴만 멍하니 바라본다.

"자, 들자고."

S군이 먼저 잔을 들며 사기를 북돋우려는 기세다.

우리는 첫 사발을 각각 단숨에 내어 버린다.

또 한 잔.

"안주를 들게. 아무거나 가서 보고 구미가 당기는 걸 더 청해."

S군은 이렇게 우리가 술잔을 두고 마주 앉은 것이 굉장히 즐거운 모양이다. 사실 나에게 있어서도 S군과 함께 술을 마시는 것이 어쩌면 전부였는지도 모른다. '전부'란 말이 너무 과하다면, 유일한 보람이었는지 모른다고 해 두자.

그러나 나는 두 잔 술에 이미 정신이 얼얼해져 버린다.

"자넨 키리로프야."

S군이 먼저 입을 뗀다.

"자넨 샤토프."

나도 응수를 한다.

우리는 술만 한잔하면 어느덧 문학 이야기가 돼 버린다. 그것도 대개는 도스토예프스키다. S군과 나는 다같이 도스토예프스키를 좋아했기 때문에 그의 작품 속에 나오는 인물은 누구나 다 알고 있었다. 따라서 다른 사람들은 우리의 대화를 전혀 이해하지 못했다. 그것이 그다지 즐겁다거나 자랑스럽다거나 그렇지는 않았지만, 그렇다고 별반 개의하지도 않았다. 우리는 그냥 우리끼리만 말이 통하는 대로 자꾸 지껄이고 그것으로써 족했다. 따라서 다른 친구들보다 우리 둘이 유독 친해지고 말았다.

"나 『신시대』라는 잡지에 잡문을 하나 팔았어. 일금 10원이나 생겼어. 그래 자네 하숙 찾아가던 길이야."

"난 또…….."

나는 무슨 말인지 하려다 말았다.

"자네도 말이야, 아무거든 써서 우선 용돈이나 만들어 보지."

"……."

나는 대답을 하지 않았다. 그의 말이 싫어서가 아니었다. 물론 좋을 것도 없었다. 다만 내가 대답을 안 한 것은 나는 역시 어떻게 해야 좋을지 몰라서였다. 나는 무언지 정신이 몽롱해서 아무것도 뚜렷하게 생각나는 것이 없었다.

"나, A사 K씨 좀 만나 볼까 한다."

나는 불쑥 이렇게 말했다.

"무슨 연락이 왔어?"

"아니."

"그럼?"

"그냥."

S군은 빙긋이 웃고 나더니, "언제?" 한다.

"오늘."

"지금 바로?"

"음."

나는 자리에서 일어났다.

"그럼 저리로 나와, 월궁으로…….."

"……."

나는 고개를 끄덕이고 S군과 헤어졌다.

A사의 시계는 5시가 지나 있었다.

"누굴 찾아오셨는데요?"

열일고여덟 살 나뵈는 소녀다.

"김장하 씨."

나는 혀가 잘 놀려지지 않아 겨우 이렇게 대답하고 소녀를 노려 보았다. 맑은 눈, 동그랗고 쌕쌕한 입, 귀여운 얼굴이다.

"지금 안 계세요."

"어디 가셨어?"

혀가 놀려지지 않고 목소리가 떨리고 하여 더 자세히 물을 수도 없고 물어볼 것도 없었다.

문을 밀고 돌아서 나오려니까, 아까의 소녀가 다시, "어디서 오셨지요?" 한다.

나는 또 소녀의 얼굴을 한참 동안 멍하니 바라보다가, "저, 경, 경상도서……" 해 버렸다. 경상도서 서울 와 있는 사람이 하나 둘 아니요, K씨가 또 경상도라서 반드시 난 줄 알아주리라는 아무런 보장도 없었지만, 그렇다고 어디서 왔다고 해야 할지는 생각도 나지 않았다. 물론 저쪽에서는 내가 누구냐는 것을 묻고 있겠지. 그러나 내가 누구란 말인가.

"지금 계시긴 계신데요, 잠깐 나갔으니까 좀 기다려 보시겠어요?"

소녀가 딴은 친절을 베푸는 셈이다.

나는 고개를 끄덕였다. 그러나 K씨는 좀체 돌아오지 않는다. 테이블 위엔 신문, 잡지와 원고지들이 어지럽게 흩어져 있다. 소녀는 저쪽에서 신문지와 잡지 같은 것을 간추리고 있는데 가끔 이쪽으로 고운 눈을 떠보인다. 그런데 왜 나는 곧장 저 소녀를 바라보는 것일까. 역시 내 마음속엔 어떤 딴 욕구가 움직이고 있기 때문이 아닐까. 그런데 대체 저 예쁜 소녀는 왜 이런 델 와 있을까? 아직 학생 나이밖에 안 되는데, 기자일 리도 없고, 설마 심부름꾼으로 와 있을 리야 없겠지. 저렇게 깨끗하고 아름다운 계집애가.

고단하다. 하품과 함께 졸음이 온다. 햇빛 아래만 걸어도 나는 이렇게 맥이 풀리게 마련이다. 게다가 빈속에 술을 걸쳤으니……

나는 의자에서 일어났다. 그러나 다리가 떨리어 도로 주저앉고 말았다. 한참 동안 힘을 가다듬어 손으로 테이블을 잡으며 다시 일어났다.

"왜 그러세요?"

소녀의 묻는 말에 대답도 않고 나는 혼자 무엇을 중얼거리며 밖으로 나왔다.

A사를 나와 어디론지 한참 가다 보니 뒤에서 '이 군, 이 군' 하고 부르는 소리가 난다. 김장하 씨의 목소리다. 나는 머리를 돌려 그를 바라보았다. 그리고 몇 걸음을 그를 향해 어뚤어뚤 걸어가다 그만 돌아서고 말았다. 공연한 비굴감 같은 노여운 생각이 가슴에 치밀었기 때문이었다.

주인과는 사흘을 더 연기하기로 했다. 나는 이날부터 이상한 생각이 들었다. 그것은 A사에서 본 그 소녀였다. 나는 그 소녀가 좋았는데 왜 그대로 돌아와 버렸을까. 그렇다. 나는 분명히 그 소녀나 혹은 그런 소녀 같으면 덤벼 볼 용의가 있다. 나는 지금 젊고, 불구자도 아니고 하니 어떠한 여자와도 접촉할 자격이 있지 않은가. '접촉'이란 말이 무엇하면 덤벼들 자격이 있다고 해 두자. 그런데 왜 나는 여태까지 한 여자의 몸에도 손을 대어 보지 못하고 지내 왔을까. 이것은 아마 나의 불성실일 것이다. 여자가 먼저 나에게 오지 않는 것은 그렇다고 하더라도 내가 지금까지 여자를 보고 시치미를 떼 온 것은 암만 해도 알 수 없는 일이다. 이 아까운 생명을, 이 아까운 청춘을, 이 아까운 일월(日月)을 왜 나는 송두리째 덮어 버리려고만 했을까. 지금까지 나는 내 자신을 속여 왔단 말인가. 잠자코 있었단 말인가. 데데하고 구질구질한 구더기의 시민이 되기 위해서 몸조심을 해 왔단 말인가? 무엇이 어떻게 되었단

60

말인가? 나는 밤이 새도록 중얼거렸다. 홍역 앓는 사람처럼 전신에 열이 나고 땀이 흘렀다.

이튿날 저녁 때 A사의 김장하 씨로부터 편지 한 장과 돈 15원이 속달로 왔다. 편지 내용은 A지에 소설이나 수필 같은 것을 쓰라는 것과, 내일이라도 다시 한 번 찾아와 달라는 것과, 바쁘지만 않으면 지금이라도 자기가 찾아오고 싶다는 것과, 15원은 담뱃값이나 하라는 사연이었다.

나는 이날 낮도 온종일 이불을 쓰고 누워 이리 구르고 저리 구르고 하며 혼자 중얼거렸다. 나는 내 자신에 대하여 뜻 아니 했던 강렬한 도전 같은 것을 느끼고 있었다. 까닭 모를 '도전 같은 것'에서 나는 야릇한 보람 같은 것을 느끼기도 했다.

나는 감옥을 두려워하는가?

이런 생각도 머리에 떠오르곤 했다. 나는 번번이 비웃었다. 나는 아직도 천국이나 극락을 지옥보다도 자기에게 가깝다고 생각해 본 적은 한 번도 없지 않은가.

또 밤이 왔다. 나는 어제와 같이 모자를 눌러쓰고 발가라이 내밀어지는 구두를 신고 밖으로 나왔다.

나는 시방 어디로 가는 길인가?

나는 문득 이렇게 중얼거리며 발을 멈추었다. 그리고 한참 동안 머리를 비비 꼬고 나서 다시 걸었다.

푸른 나뭇잎에서 오는 부드러운 바람이 얼굴을 스칠 때마다 나는 공연히 울고 싶어졌다. 하늘엔 별들이 유난히 빛나고 먼 언덕 너머로는 아련한 개구리 소리가 들리는 듯했다. 밤은 좋다. 밤의 어둠이 좋다. 이런 밤엔 나도 살아 있다는 것이 즐겁다. 저 수많은 별빛 아래, 이 끝없는 허공 속에, 지금 나의 반딧불은 별을 비웃으며 날고 있지 않은가. 그리고 심장엔, 아 심장엔 피가 뛰고 있는 것이다.

어느 여자라도 좋다. 저쪽에서 먼저 나에게 뛰어들어도 무방하지만, 지금까지 그런 여자는 하나도 없었다. 마땅히 내가 덤벼들어야 할 것이다.

그런데 여기가 대체 어딜까? 나는 또 발을 멈추었다. 동대문 바로 옆이었다.

저쪽 전차에서 내리는 여학생이 하나 보였다. 그러나 내 몸은 가볍지 않다. 보아서 좀 예쁜 것을 가릴 필요가 있다. 나는 이렇게 생각하고 발길을 고치었다. 그리고 머리를 떨어뜨린 채 한참 동안 걸었다.

그것은 종로 5가쯤 되었다. 저쪽에 아래위로 흰 옷을 입고 몸매가 날씬한 처녀가 걸어간다. 마음은 곧 뛰어가려고 하는데 암만 해도 다리가 듣지 않는다. 나는 전신에 땀이 배었다.

여자의 얼굴빛은 희고도 투명하고, 눈은 굵고, 하관이 갸름한, 내가 좋아하는 얼굴이다. 그런데 어쩌면 좋은가? 언제까지 나는 이렇게 따라만 가고 말려는가? 나는 왜 뛰어들 힘이 없는가?

여자는 연지동에서 사라져 버렸다. 불러 보려 해도 혀가 뻣뻣하게 굳어 있지 않은가? 이것이 어찌 된 괴변일까. 나는 지금 어디로 가며 무엇을 생각하는가. 암만 울고 싶어도 울음이 날 리 없다. 아무 데나 주저앉아진다. 그래도 나에게는 아직 일말의 희망이 있었다. 나는 또 걸었다. 거의 달음질치듯 어디론지 바쁘게 걸어갔다.

세 번째로 내 눈에 여자가 비치었다. 연분홍빛 저고리에 검정 치마를 입었는데, 얼굴이나 차림새는 먼저보다 초라한 편이나 가무푸레한 낯빛과 슬픈 듯한 두 눈에 매력이 있었다. 어느 공장에 다니는 여공 같기도 했다. 처음 그녀를 보았을 때, 나는 먼저보다는 훨씬 자신이 생겼다. 나는 내 자신에게 생각할 겨를을 주지 않기로 결심하고, 그녀 곁으로 더벅더벅 걸어갔다. 그리하여 바로 그녀 앞을 가로막았다. 여인은 놀란 듯 걸음을 주춤하고 고개를 들어 나를 바라보았다.

그러나 내 입에서는 말이 나오지 않았다. 무슨 말을 해야 좋을지 전혀 엄두가 나지 않았다.

여인은 이상한 눈길로 나를 잠깐 흘겨보더니 그냥 옆으로 걸음을 옮겨 놓으려 하였다.

순간 나는 여인의 한쪽 팔을 가볍게 붙잡으며, "여보세요" 했다.

여인은 가만히 내 손을 뿌리치며 겁에 질린 듯한 눈으로 다시 한 번 나를 쳐다보더니 돌연히 엉뚱한 방향을 향해, 아는 사람을 부르듯, "저, 여보세요" 하며 총총걸음을 쳐 달아나 버렸다.

분명히 나를 실성한 사람으로 보는 모양이었다.

나는 그녀를 놓치지 않으려는 듯 바쁜 걸음으로 뚜벅뚜벅 그녀의 뒤를 쫓아갔다.

"여보시오."

그때 어떤 낯선 남자가 내 어깨를 꽉 잡았다.

나는 걸음을 멈추고 그를 돌아다보았다.

"왜 그리슈?"

"……."

나는 참견 말아 달라고 하고 싶었지만 역시 입이 열리지 않았다.

사내도 아마 나를 실성한 사람으로 보는지, "댁이 어디슈? 파출소나 어디로 데려다 달라오?"

이렇게 동정 삼아 비꼬아 물었다.

나는 역시 사내에겐 대답도 하지 않은 채 오던 방향으로 돌아서 가버렸다. 어딘지 모르게 자꾸 헤매었다.

나도 모르게 내 발길이 멎은 곳을 어저께 S군이 기다리겠다고 하던 월궁 다방 앞이었다. 어저께 약속한 S군이 오늘 또 기다리리란 생각은 없으면서도 다방 문을 밀고 들어섰다. 레지가 앞에 나오며 얼굴을 돌려 빈자리를 나에게 가리켰다.

그러나 나는 그러한 레지의 친절엔 아랑곳없다는 듯 다방 안을 한번 휙 돌아다본 뒤 곧 발길을 돌려 버렸다. 바로 그때였다.

"이 군!" 하는 어딘지 귀에 익은 굵은 목소리가 들려왔다.

나는 다시 몸을 돌이켰다. 내 곁으로 뚜벅뚜벅 다가온 사람은 어저께 낮에 길에서 그냥 지나쳐 버렸던 한 군이었다.

"아니, 이거 얼마 만이여?"

한 군은 반가운 듯 내 손을 잡고 흔들며 사뭇 허연 이를 드러내고 웃었다. 어지간히 반가운 모양이었다.

"그러잖아도 자넬 기다리고 있는 참이여. 아까 S군과 만났지. 누구하고 약속이 있어서 잠깐 나갔는데, 나더러 자네가 어쩜 이리 올 터이니 기다리고 있다 만나서 같이 남산집으로 오라대. S군도 그리로 오겠다고 했어."

한 군은 그저도 내 손을 잡은 채 이렇게 한숨에 설명을 해 주었다.

나는 맘속으로 인사는(한 군이 감옥에서 나온 뒤 이것이 첫 대면이니까) 내가 해야겠는데 하면서도 잠자코 있었다.

우리는 남산집으로 갔다.

한 군과 내가 술을 막 한 잔씩 내고 났을 때 S군이 벙긋거리며 들어왔다.

"어저껜 어떻게 됐어?"

S군은 자리에 앉자마자 이내 이렇게 물었다.

"어떻게 된 것도 없어. 본래 될 것도 없었고……."

나는 떫게 웃었다.

그러고 나서 생각하니 오늘 속달로 K씨가 보내 준 일금 15원이 머릿속에 떠올랐다.

"그리고 참, K씨가 돈을 좀 돌려줬어."

"얼마나?"

"15원"

"꽤 많잖나?"

"……."

나는 또 떫게 웃었다.

"다 넣고 나왔어?"

한 군이 묻는다.

"……."

나는 가볍게 고개를 끄덕였다.

"됐어……."

한 군은 만족한 듯 히쭉 웃었다.

한 군은 내가 다 해진 양복을 입고, 옆구리가 터져 발가락이 내미는 구두를 신고, 머리가 귀를 덮고 있어도, 그런 건 물론 안중에 없다. 하숙비 같은 건 더구나 문제 밖이다.

그러나 그러한 한 군을 나는 싫어하지 않는다.

"오늘은 염려 없어."

나도 맞장구를 쳐 준다.

"아냐, 이 군은 하숙비 땜에 몰려나게 생겼어. ……눈에 보이잖아?"

S군이 뼈만 남은 내 얼굴을 턱으로 가리키며 한 군을 타이르듯 말했다.

"그런 거 걱정할 필요 없어. 정 급하면 다 먹여 주고 재워 주는 데가 있잖아?"

한 군은 물론 자기가 들어 있다 나온 감옥을 가리키는 말이지만 그것이 조금도 허세 같이 들리질 않았다.

"하여간 들게. 술값은 걱정 말고."

S군은 기염을 올리기 시작했다.

나도 서너 잔 연거푸 마시고 났더니 또 정신이 빙 돌기 시작했다. 그와 동시 속이 좀 후련해지는 편이기도 했다.

"이봐, 자넨 여자 싫어?"

나는 한 군의 어깨를 툭 치며 물었다.

"좋지."

한 군은 크게 만족한 듯 대답했다.

"자네도 그렇지?"

나는 S군에게도 물었다.

"물론."

S군도 웃으며 고개를 끄덕였다.

"그런데 말이야, 우리 왜 여자하고 인연이 없어?"

"인연이 왜 없어?"

"없잖아? 어느 여잘 알아? 그냥 길에 지나다니는 거나 볼 뿐 아냐?"

"만들면 있지."

"그게 말이야, 오늘 난 그걸 발견했거든. 우선 여자하고 좀 알아보겠다고…… 그래서 저만 하면 근사하다 싶은 여잘 기다려서 따라가 봤잖아? 그런데 붙잡을 수가 없더군. 하나는 간신히 붙잡았는데 그만 놓쳐 버리고…… 것도 웬 싱거운 친구가 방해를 놓았어…….."

"그거 듣던 중 걸작이로군. 자네도 이제 꽤 발전을 한 모양이지?"

한 군이 얼굴을 바짝 갖다 대며 묻는다.

"자, 술이나 들지."

S군이 나에게 잔을 건네며 다시 말을 이었다.

"고독한 자에게는 여자보다 술이 나은 법이야. 술은 그 자리에서 해결이 나지만 여자는 아주 딴 사업이란 말이야. 이발을 해야 하고, 구두도 닦아 신어야 하고, 바지 줄도 세워야 하고, 그걸 위해서, 아주 그렇게 포즈를 잡고 살아야 하거든. 그러니 그게 엄청난 딴 사업 아냐?"

"여자도 술같이 즉석에서 해결될 수 있지. 거 있잖아?"

"이 군은 아직 그 경지에까진 도달하지 못했으니까…… 올봄에도 혼자 뺑소니를 치고 말잖아?"

이렇게 떠드는 가운데도 연방 술 주전자는 비워져 나갔다.

나는 빈속에 연거푸 들이켜서 그런지 눈앞이 빙빙 돌아가는 듯하면서도 그들의 떠드는 소리는 그대로 또렷이 귀에 담아 들렸다. 그것은 반드시 내 자신이 지금 그들의 화제가 되어 있기 때문만도 아닐 성싶었다. 지금 S군의 '혼자 뺑소니'란 말도 물론 나를 두고 하는 얘기인 것이다. 금년 봄에 내가 상금(신춘 현상 문예에 당선되어)을 탔을 때도, 우리는 같이 얼려서 진탕 마신 끝에 결국 그런 데까지 몰려갔었지만, 현관까지 들어갔다 기어이 나 혼자 뺑소니를 치고 만 것은 결코 내가 상금(그날 탄)을 반쯤이라도 주머니 속에 남기기 위해서가 아니라, 그냥 걷잡을 수 없는 까닭 모를 공포 때문이었다는 것이 그들에겐 암만 해도 믿어지지 않는 모양이었다.

"아직 그걸 탈피 못 했어?"

한 군은 입을 반쯤 벌린 채 S군에게서 나에게로 얼굴을 돌리며 묻는다.

탈피는 뭐야? 뱀이 돼서 허물을 벗나?

나는 혼자 속으로 받아넘기며, 그 대신 또 술잔을 들어 입에 갖다 부었다.

한 군이 말하는 '탈피'란 물론 나의 동정(童貞)을 가리키는 건 나도 잘 알고 있다. 그는 술을 마실 때마다 탈피를 못 했느니, 인간 수업이 덜 됐느니 하고…… 언제나 나를 몰아세우는 것이다.

한 군은 다시 말을 계속했다.

"알았어! 자네 그 우울병 말이야, 언제나 자살 전야 같은 심각한 얼굴 말이야, 그거 어디서 오는 줄 알아? 그게 바로 그거야. 거기서 오는 거야! 동정! 그걸 버려야 해."

"것두 진작 못 벗어던지면 나이 들수록 굳어져서 곧장 고질같이 되나 봐."

S군도 맞장구를 치는 말투다.

나는 또 술잔을 들어 내 입에 갖다 부으려다 잠깐 멈추며, "자네들 그 나, 나발 말이야, 왜 잠깐도 쉬, 쉬지 않고 불어 대는 거야?"

한마디 퉁명스럽게 쏘아 주고 빈 잔에 또 술을 따랐다.

한 군은 나의 핀잔을 기다리기나 했던 듯, "자네답지도 않게, 그거 우습잖아? 무슨 거룩한 구중궁궐의 공주님이나 배필로 맞으면

고이고이 바치려고 첩첩이 싸두는 건가, 이 한 송이 장미꽃을, 아니 장미꽃이 아니라 옥수수지, 이 한 자루 옥수수를 받아 주소서 하고, 이히히히⋯⋯."

한 군은 의자에서 일어나 제법 한쪽 무르팍을 반쯤 꿇으며 두 손을 머리 위로 쳐들어 보였다.

나는 잠자코 자리에서 일어나자 그대로 비칠비칠 술집을 나오고 말았다. 한 군과 S군은 내가 소변이라도 보러 나가는 줄 아는 모양이었다.

나는 술집에서 나오자 어두운 골목을 빠져 청계천 가로 나왔다. 보름 가까운 달이 머리 위에 말갛게 떠 있었다.

"달아."

나는 느닷없이 이렇게 한번 불러 보았다. 순간, 나는 술값을 치르지 않고 나온 것이 생각났다.

그렇다. 나는 결코 술값을 물지 않으려고 뺑소니친 것이 아니다.

나는 안주머니에 손을 넣자 돈을 봉투째 빼내 들고는 한 장씩 뽑아 개천 물 위에 던졌다.

"하나, 둘, 셋, 넷⋯⋯."

나는 파란 지폐를 있는 대로 한 장씩 뽑아 던지며 혼자 속으로 중얼거렸다.

난 놈들이 밉거나 싫은 것은 아니다. 하나 완전히 나 혼자 되는 것만 못하다.

나는 빈 봉투를 마저 개천 위에 던지자 이번에는 앞 단추를 끄
르고 소변을 보기 시작했다.

기파랑

신라 제34대 효성왕(孝成王)은 성덕왕(聖德王)의 둘째 아들로, 나이 마흔일곱 살 때 왕위에 올랐다. 성덕왕의 재위가 서른여섯 해나 되도록 길었기 때문에, 맏아들 중경(重慶)은 왕위에 올라보지도 못한 채 먼저 세상을 뜨고 말았다. 효성왕 승경(承慶)도 형처럼 수명이 길지 못했더라면 왕 노릇은커녕 이미 세상을 뜬 지 오래일지도 모를 일이다. 다행히도 그는 형보다 명줄이 길어서 이제 대권을 계승하게 된 것이다.

그러나 그에게도 또 다른 불행이 있었다. 그것은 아들이 없는 일이다. 그는 태자로 있을 때부터 그 부인 박씨에게서 아들이 없는 것을 이유로 하여 수많은 미녀를 사냥질하였다. 그러나 그 수많은 젊은 여인들 가운데서도 그를 위하여 아들을 낳아 준 사람은 하나도 없었다. 그는 왕위에 오르자 곧 아들을 낳지 못하는 부인

박씨를 물리치고 새로운 왕비를 맞이하려 하였다. 그러나 그가 이 일을 단행하기 전에 당나라(현종)에서 본래 태자비로 있었던 박씨를 왕비로 책봉하여 왔다. 태자가 왕위에 오르면 동시에 태자비가 왕비로 되는 것은 정례였지만 여기엔 박씨 일파의 비밀공작도 없지 않았던 것이다. 그러나 이 일이 그에게 있어 그다지 실망할 것까지는 되지 않았다. 당조(唐朝)에서는 신라 왕의 비빈 폐납(妃嬪廢納)에까지 간섭하지는 않았기 때문이다.

형편에 따라서 폐납을 하고 당조에 사실대로 알리기만 하면 그대로 승인이 되게 마련이었던 것이다. 그렇다고 해서 기위 책봉이 되어 온 것을 즉시로 돌이킨다고 하기에도 난처한 일이었다. 한두 해 동안 형식으로는 그대로 두어두고 실질적으로만 구폐 신납(舊廢新納)을 하면 그만이라 하였다.

이러한 형편과 조건 아래서 새로이 맞아들인 여인이 파진찬* 영종(永宗)의 딸로, 당시에 가장 미모로 이름이 높던 정화(貞華)라는 아가씨였다. 그때 그녀의 나이 열여섯이었다.

효성왕은 정화를 보자 만족한 얼굴로, "내 그동안 많은 미녀를 보았지만 그대같이 아리따운 여인은 처음이로다" 하고 그녀의 손목을 잡아끌었다. 이리하여 효성왕은 한 1년 반 동안 완전히 정화의 미색에 빠져 있었다.

* 파진찬(波珍飡) : 신라 제4관등.

74

그런데 여기 뜻밖의 일이 벌어지게 되었다. 그것은 효성왕 2년에 중시*로 있던 아찬* 김의충(金義忠)이 죽고 그 뒤를 이찬* 김신충(金信忠)이 이으면서부터 시작된 일이다. 본디 김신충과 효성왕은 그가 아직 왕위에 오르기 이전부터 막역지우로 지냈기 때문에, 그가 중시가 되자 사실상 정권은 그의 손아귀에 들어간 거나 다름없게 되었다. 그런데 그가 중시가 되면서부터 정화에게 난색을 보이기 시작한 것이다. 그것은 정화에게 부덕(婦德)이 없다는 이유였다. 그 증거로, 첫째 그녀는 왕을 모신 지 1년이 지나도록 왕자를 낳지 못했다는 것과, 둘째로 음락을 탐한다는 두 가지 조건이었다. 따라서 이러한 여자를 왕비로 삼을 수는 없다는 것이다.

이것이 억지라는 것은 누구나 곧 알 수 있는 일이었다. 왕자를 못 낳은 이유나 음락을 탐한다는 이유가 모두 왕에게 있는 것이요, 그녀에게는 물을 일이 아니란 것이 너무나 명백한 사실이었기 때문이다. 그럼에도 불구하고 김신충이 이와 같이 정화를 물리치려는 데는 다른 이유가 있었다. 그것은 그의 종손녀뻘이 되는 혜명(惠明)으로 하여금 그 자리를 대치시키려는 심산이었기 때문이었다. 혜명의 아버지인 이찬 김순원(金順元)이 바로 김신충의 조카

---

*중시(中侍): 신라 때, 집사부에 속하여 나라의 기밀·사무를 맡아 보던 으뜸 벼슬.
*아찬(阿飡): 신라 제6관등.
*이찬(伊飡): 신라 제2관등.

로서 그에게 있어서는 수족과 같은 사이였던 것이다. 그러니까 혜명이나 김순원을 위해서라기보다 자기 자신을 위해서라도 혜명을 그 자리에 앉히는 것이 권도(權道)를 쓰는 데 필요했던 것이다.

효성왕으로 볼 때는, 정화에게 아직 싫증이 난 것은 아니지만, 아닌 게 아니라 1년이 지나도록 태기가 없으니 왕자를 바라기는 어렵고, 또 이왕이면 새로운 미녀 하나를 더 들이는 것도 싫지 않은 일이라, 김신충이 아뢰는 대로 김순원의 장녀 혜명을 왕비로 맞아들이는 동시, 박비(朴妃)를 폐했던 것이다. 그것이 효성왕 3년 3월의 일이요, 혜명이 그해 열일곱 살이니 정화와 같은 나이였던 것이다.

이듬해 효성왕 4년 3월에는 당조에서도 혜명을 왕비로 책봉한다는 조칙*이 왔으니 이제야 혜명은 신라 왕의 왕비로서 아무 데도 꿀릴 것이 없었다. 게다가 종조부뻘이 되는 김신충이 엄연히 중시로 있으니 혜명의 위세야말로 왕비 중의 왕비가 아닐 수 없다.

이렇게 되고 나니 정화가 다시 왕비를 꿈꾸어 보기는 다 틀린 일이었다.

그러나 정화와 그녀의 가족들의 억울함이 여기에 그치는 것도 아니었다. 새로 왕비가 된 혜명이 철저하게 정화를 시기하여 잠시도 왕으로 하여금 그녀를 돌아보지 못하게 경계하며 방해했다.

왕은 혜명을 왕비로 들인 뒤에도 정화에 대한 애착이 남아, 기

*조칙(詔勅): 임금의 명령을 일반에게 알릴 목적으로 적은 문서.

76

회 있는 대로 그녀를 찾으려 하였으나 혜명이 온갖 수단과 방법을 가리지 않고 기어이 이것을 막으며 방해하려 했던 것이다. 그러나 아무리 경계를 하고 단속을 하더라도 왕의 마음을 완전히 사로잡기 전에는 그 사이를 철저히 막을 수 없다는 것을 혜명도 알게 되었다. 그와 동시에 혜명이 왕의 마음을 완전히 사로잡기에는 미모에 있어 자기가 도저히 정화를 따를 수 없다는 것도 스스로 잘 알고 있었다. 그럴수록 정화는 혜명에게 있어 눈 속의 가시처럼 잠시도 그대로 두고는 견딜 수 없는 존재였다. 혜명은 친정 쪽 사람들과 더불어 이 일에 대하여 가만히 상의하였다. 그 결과 정화를 꾀로써 없애는 길밖에 도리가 없다는 결론에 도달하게 되었다. 여기서 그 아버지 김순원이 한 꾀를 내었다. 그것은 정화가 급찬*배윤구(裵允丘)와 정을 통하고 지낸다는 허위 사실을 날조하여 왕에게 모함하는 일이었다. 급찬 배윤구로 말하면 일찍이 정화의 아버지인 영종의 추천으로 등용이 된 젊은 관원으로 김신충 일파의 전권(專權)에 대하여 맘속으로 항상 불평을 품어 오던 사람이었다. 따라서 김순원에게 있어서는 자기의 숙부인 김신충을 위해서나 자기의 딸인 혜명을 위해서나 이 젊은 급찬 배윤구를 정화와 함께 처치해 버린다는 것은 일석이조의 큰 이득이 있는 일이라 믿었던 것이다.

*급찬(級飡): 급벌찬. 신라 제9관등.

여기서 김순원은 모든 꾀를 딸에게 가르쳐 주었다.

혜명은 그 아버지 김순원에게서 꾀를 자세히 들은 뒤 왕의 소매를 잡으며, "상감마마, 부디 높으신 몸을 살펴 주소서" 하고 눈물을 떨어뜨렸다.

왕이 어리둥절하여 무슨 일이냐고 물은즉, 다른 것이 아니라 정화가 급찬 배윤구와 더불어 참으로 입에 담을 수 없는 짓을 한다는 것이다.

"이 몸이 마침 후궁으로 바람을 쐬러 나가려니까 그쪽 으슥한 곳에서 그들 두 사람이 무엇을 속삭이다가 이 몸이 나타난 것을 보자 몹시 놀라 달아나며 이러한 종이쪽지를 떨어뜨렸나이다" 하고 종이쪽지를 내어놓았다. 거기에는 '첩념유랑(妾念惟郞) 낭급구첩(郎急救妾)'이라고 여필(女筆)로 씌어 있었다.

왕은 눈이 휘둥그레지며, "비가 아니더면 큰일 날 뻔했군" 하고, 곧 엄령을 내리어 배윤구와 정화를 잡아 가두게 하였다. 오랫동안 주색에 곯은 효성왕은 몸뿐 아니라 정신마저 사그라질 대로 사그라져서 그런 일도 철저히 조사를 한다거나 검토해 볼 기력조차 없이 그대로 간단하게 넘어가고 말았던 것이다. 그해 효성왕의 나이 갓 쉰이요, 혜명과 정화가 함께 열여덟들이었다.

이 소식을 전해 들은 정화의 아버지인 파진찬 김영종의 놀람과 분함과 절망은 비길 데가 없었다. 이것이 모두 신비(新妃) 김씨(혜명)의 모함이요, 그녀의 아버지 김순원과 중시 김신충의 모략인 줄은 알지만 궁중의 일이라 무엇을 어떻게 꾸며서 하는 노릇인지 그저 하늘이 노랗고 머리가 빙빙 돌 뿐이었다. 그는 곧 예궐(詣闕)하여 왕 앞에 엎드렸다.

"신의 여식에게 만약 그러한 죄가 참으로 있다면 신의 목을 열 번 바쳐도 서슴지 않으리이다. 여식은 어디까지나 억울한 누명을 쓰고 있는 줄 아나이다. 그 증거로는, 급찬 배윤구가 그동안 신병으로 오랫동안 예궐치 못하고 있었던 점으로 충분한 줄 아나이다."

"내게도 증거가 있어. 경은 밖에서 들은 말이나 내게는 바로 목도한 사람 및 이에 따른 증거가 있느니, 썩 물러가지 못할까."

왕은 버럭 소리를 지르고 안으로 들어가 버렸다.

영종은 나마*에게 끌려 나오다시피 궁궐 밖으로 나왔다. 그의 두 눈에서는 피 섞인 눈물이 흘러내렸다. 정화나 배윤구의 죽음이 억울하고 원통해서만도 아니었다. 그러한 누명을 쓰고 딸이 죽으면 자기 가문을 부지할 수 없기 때문이다. 그러한 치욕을 무릅쓰고는 도저히 살아갈 수가 없었던 것이다. 그는 집으로 돌아온 뒤 일체 식음을 전폐한 채 자리에 눕게 되었다.

그런데 그에게는 세상 사람들이 한결같이 부러워하는 아들 사

* 나마(拿麻): 신라 제11관등.

형제가 있었다. 큰아들 기수(耆秀)는 사찬* 벼슬에 있었고, 둘째 아들 기나(耆那)는 급찬 벼슬에 있었고, 셋째 아들 기파(耆婆)는 당시의 화랑으로 가장 많은 낭도를 거느리고 있었고, 넷째 아들 기지(耆志) 역시 나이는 어리나 총명과 지혜가 형들과 더불어 빠짐이 없다 하였다. 특히 셋째 아들 기파랑(耆婆郎)은 인물이 아름답고 지혜와 총명이 뛰어날 뿐 아니라 충효지심이 열렬하여 온 신라 사람들이 그를 가리켜 사다함(斯多含)의 후신이니 관창(官倉)의 재생이니 하고 아끼며 받들어 왔던 것이다.

그러나 이 훌륭한 형제들도 정화가 누명을 쓰고 옥에 갇히게 되자 모두 관직을 내놓고 그 아버지와 함께 집에서 대죄*하고 있었다. 그런데 여기 한 가지 기묘한 일이 생긴 것이다. 그것은 기파랑이 일찍부터 서로 사랑하는 사이이던 대아찬* 김정충(金正忠)의 딸 민정(敏淨)으로부터 이번 사건에 대한 비밀의 한 토막을 엿듣게 된 일이다. 대아찬 김정충은 먼저 죽은 김의충의 친동생이요, 지금 중시로 있는 김신충의 사촌 동생으로, 왕비 혜명의 아버지인 김순원의 당숙뻘로서 그와 바로 이웃에 살고 있었던 것이다. 뿐만 아니라 그녀(민정)의 아버지 김정충과 김순원은 친척인 동시에 또

*사찬(沙飡): 신라 제8관등.
*대죄(待罪): 죄인의 처벌을 기다림.
*대아찬(大阿飡): 신라 제5관등.

80

한 사돈이기도 하여, 민정의 형이 바로 김순원의 며느리로 그 집에 시집을 갔다는 것이다. 그런데 이번에 '첩념유랑 낭급구첩'의 여필도 바로 이 민정의 형인 월정(月淨)의 솜씨를 빌린 것이라 한다.

민정은 이 말을 전하기 전에 먼저 기파랑에게서 비밀을 지킨다는 다짐을 받았던 것이다.

"만약 기파랑이 이 말을 세상에 발설한다면 이 몸은 목숨을 잃는 날이오."

민정은 또다시 이렇게 다졌다.

"아아, 민정."

기파랑은 두 손으로 자기의 머리를 움켜잡았다.

민정은 기파랑의 두 어깨에 손을 얹으며, "기파랑, 이 몸은 당신의 슬픔을 알고 있어요. 당신의 누님이 억울하게 누명을 쓰고 죽게 된 것, 당신의 아버지와 형님들이 또한 그렇게 억울한 누명으로 궁중에서 쫓겨 나온 것, 이런 것을 생각할 때 당신의 가슴이 얼마나 찢어질 듯 슬픈 것인가를 왜 모르겠어요."

"그렇지만 민정, 그대는 내 슬픔을 덜어 준 것이 아니고 보태어 준 것이 되었구려. 내가 이 일을 어떻게 말하지 않고 참는단 말이오. 내 부모 형제가 그러한 누명을 쓰고 죽는데 내가 어떻게 이 말을 참는단 말이오."

기파랑은 미친 것처럼 두 손으로 자기의 머리를 움켜쥔 채 흑흑

느껴 울기 시작하였다.

"기파랑, 그렇지만 당신은 참아야 해요. 당신이 말하면 이 몸도 마찬가지가 돼요. 이 몸도 부모 형제와 이웃을 팔 수는 없어요. 다만 우리의 사랑을 위해서 그런 것을 당신에게 감출 수 없다고 믿는 것뿐이에요. 이 몸이 우리의 사랑을 위해서 당신에게 알린 것처럼 당신도 우리의 사랑을 위해서 그것을 지켜 주셔야 해요. 이 몸과 당신은 부모 형제에게까지도 알리지 못한 비밀을 함께 가지고 싶어요. 그렇게 해 주세요."

"아아 민정, 왜 그 말을 나에게 들려주었소. 물에 빠진 사람은 지푸라기라도 잡는다는데 나에게 사랑을 시험하다니 가혹하지 않소?"

"기파랑, 이 몸의 속을 알아주세요. 이 몸이 그것을 만약 당신에게 전하지 않는다면 이 몸은 당신을 잃는 것이요, 이 몸이 당신을 버린 것이 되어요. 이 몸은 이 몸의 목숨만큼 아니, 그보다도 더 당신을 잃기 싫었던 것뿐이에요. 이제 그것은 당신에게 옮겨졌어요. 당신에게 차라리 버림을 받을지언정 이 몸이 먼저 당신을 잃거나 버리고 싶지 않았던 것뿐이에요. 이 몸의 속을 살펴 주세요."

민정은 희고 갸름한 얼굴을 약간 뒤로 젖힌 채 기파랑을 쳐다보았다. 그녀의 새까만 눈동자는 먼 데를 바라보는 것처럼 흰자위로 에워져 있었다.

"오오, 민정, 나의 사랑! 나의 목숨처럼 짧고 슬픈 것이 또한 나의 사랑이던가."

기파랑은 혼잣말 같이 이렇게 부르짖고는 그 자리를 떠나 버렸다.

기파랑은 그길로 곧 그의 아버지를 찾아갔다.

"제가 거리에서 들으니, 이찬 김순원이 '첩념유랑 낭급구첩'이라는 여덟 자를 자기의 며느리에게 쓰도록 하여 혜명비에게 전했다 하더이다" 하고, 민정에게서 들은 말을 출처만 밝히지 않은 채 그대로 전했다.

"음, 그것이 사실이란 말이냐?"

"네. 사실임에는 틀림이 없습니다."

"누구에게서 들었단 말이냐?"

"김순원의 친척으로 저와 가까운 사람이 있사오나 성명을 밝히지 말아 달라는 부탁이 있었습니다."

"……."

영종은 고개를 끄덕였다. 그는 곧 일어나 옷을 갈아입고 궁중으로 향했다. 왕은 아침부터 몸이 괴롭다 하여 침전에 누워 있다가 영종이 예궐하기 조금 전에 겨우 기동을 했던 것이다. 그는 지난 밤 꿈에 정화를 본 것이다. 정화는 머리를 흩뜨린 채 몇 번이나 '상감마마, 이 몸은 원통하옵니다' 하며 느껴 울었던 것이다. 아직도 정화의 미모에 대한 미련이 완전히 가시지 않았던 그에게는 꿈에 본 그녀가 몹시 측은하게 보였다. 그렇다고 해서 젊은 왕비 혜명 이나 중시 김신충 들을 상대로 정화를 두고 겨뤄 내기에는 기력이 부쳤다. 어떻게 그들과 심히 다투지 않고 정화의 목숨이나 보전해 주었으면 하는 생각이었다. 그는 이런 것을 생각하며 낮이 지나도 록 자리에 누워 있었던 것이다. 마침 그러한 심경이 아니었더라면 김영종의 배알을 허락하지도 않았을 것이다.

김영종은 고개를 떨어뜨린 채, "사뢰옵기 황송하오나 여식 정 화의 필적으로 거짓 꾸며진 괴문자(怪文字) 팔 자(八字)는 이참 김순원 경이 친히 아는 일인 줄 아뢰나이다" 하고, 단도직입적으 로 요점을 먼저 말했다.

그러자 왕은 이내 이맛살을 찌푸렸다. 그는 김영종이 정화의 목 숨을 구출하도록 유리한 증언을 말해 주는 것은 좋으나 그것이 왕 비 혜명의 아버지인 김순원에게 죄를 돌리는 결과가 되어서는 난 처했던 것이다. 일의 옳고 그름이나, 잘과 잘못의 문제가 아니라, 성가시지 않고, 귀찮지 않고 거기다 같은 값이면 너무 억울하거나 원통한 일도 없었으면 했을 뿐이다. 그런데 김영종은 정화의 필적 이 김순원에게서 나온 것이라 하니 이는 세상을 얼마나 시끄럽게 하려고 하는 수작인지 모를 일이다. 그는 그것이 대단히 못마땅했 던 것이다.

"뭣이? 김순원이 아는 일이라고? 그럼 그 괴이한 글을 김순원이 만들었단 말인가?"

"예, 황송하오나 그런 줄 아뢰나이다. 원하옵건대 여식 정화의 필적을 감정해 주시옵소서."

"내가 보니 틀림없는 여필이거늘 이찬 김순원이 여필을 흉내 냈단 말인가. 만약 정화의 필적이 아니라면 감정한 결과, 정화의 목숨은 구하려니와…… 썩 물러가."

왕은 덮어놓고 호령을 하였다.

"아뢰옵기 황송하오나 김순원 경이 손수 쓴 것이 아니라……."

"듣기 싫어. 내 명령에 거역할 참인가?"

왕이 두 번째 호통을 치자, 이번에도 또 먼젓번과 같이 나마가 달려들어 강제로 그를 끌어냈다.

이 소문은 이내 김신충과 김순원에게 전해졌다. 순원은 곧 신충을 찾아가 이 일을 상의하였다.

"내가 내일 아침 일찍이 상감께 아뢸 터이니 오늘 밤으로 미리 갑사들을 소집해 두고 만일의 경우에 대비해야지."

김신충의 말이었다.

"만일의 경우라니?"

"내일 아침이라도 나라님께서 어떠한 분부를 내리실지 모르거든. 그러니까 내가 예궐하여 상감께 아뢰는 대로 곧 행동을 취할 수 있게 만반 준비를 해 둔단 말일세."

"그럼 밤중으로 갑사들을 소집하도록 합시다."

이렇게 의논이 되자 그들은 곧 사람을 퍼뜨려 갑사들을 모아들이기 시작하였다.

이 소문은 동시에 김영종에게도 전해졌다.

김영종은 이것을 듣자 이내 네 아들을 불러 놓고 상의하였다.

"지금 김신충과 김순원이 이 밤중으로 갑사들을 모은다 하니 이는 반드시 우리 집을 치려는 것이다. 내 낮에 상감께 배알하고 괴문자의 출처를 사실대로 아뢰었더니 김신충, 김순원의 무리들이 저희들의 죄상이 탄로 날까 두려워한 나머지 저희들의 권세를 믿고 병력으로 미리 우리 집을 치려는 것이다."

김영종의 침통한 어조다.

이에 맏아들 기수가 먼저 입을 열었다.

"상감께서는 저리도 혼약하시고* 김신충의 무리는 저리도 간악과 횡포를 다하니 이 가운데서 이제 시비를 가린다는 것은 기대할 수 없는 일이올시다. 더욱이 그들이 이미 갑사를 모은다 하니, 저희가 이대로 팔짱을 끼고 앉아 운명만을 기다릴 수는 없는 줄 압니다."

큰아들의 말이 끝나자, 이번에는 둘째 아들 기나가 또한 입을

* 혼약(昏弱)하시고 : 어리석고 나약하시고.

열었다.

"형님 말씀이 옳은 줄 압니다. 저희도 곧 장사를 모아야겠습니다. 가만히 앉아서 도륙을 당하는 것보다는 악당을 물리치고 나라를 바로잡아야 할 줄 압니다."

기나의 말이 끝나자 이번에는 기파의 차례가 되었다. 일동의 시선이 그에게 집중되었다.

"네 생각은 어떠냐?" 하고 아버지가 물었다.

"저는 본래 두 분 형님 뒤를 따라 나라님께 충성을 다하고 부모님께 효도를 다하여 나라를 빛내고 집을 일으키는 일에 목숨을 바치려 했습니다. 이제 아버님께서나 두 분 형님들께서 누님의 억울한 누명을 씻어 주려다 도리어 악당들의 모해를 받게 되었으니 이는 더없이 원통한 일인 줄 아오나, 한편 돌이켜 생각하면, 암약한*군왕이요, 횡포한 재상이라 할지라도 김순원의 무리가 이미 군왕의 위의*를 빌렸은즉 신자(臣子)의 몸으로 군왕의 위의를 칠 수는 없는 줄 압니다. 이는 부형이 아무리 완매*할지라도 자제의 몸으로 부형을 칠 수 없음과 같은 줄 믿습니다."

기파랑은 두 팔을 세워 방바닥을 짚고 머리를 수그린 채 울음

*암약(暗弱)한 : 어리석고 겁이 많으며 줏대가 없는.
*위의(威儀) : 위엄이 있고 엄숙한 태도나 차림새.
*완매(頑昧)할지라도 : 고집이 세고 사리에 어두우며 어리석을지라도.

섞인 목소리로 이렇게 대답했다. 방바닥 위에는 쉴 사이 없이 눈물이 떨어지고 있었다.

"……."

김영종은 침통한 얼굴로 기파랑을 묵묵히 바라볼 뿐이다.

"그렇지만 오늘 밤까지는 왕명이 아니니라."

큰형 기수가 우선 이렇게 말했다.

"그렇더라도 김신충, 김순원의 무리가 병부(兵部)와 통해 있으니 처음부터 관군의 이름으로 거동하리라."

아버지 영종이 큰아들의 말에 응수하였다.

그러자 둘째 아들 기나가 분연히 입을 열었다.

"지금과 같은 위기일발에 처해서 관군이니 아니니를 헤아릴 수가 없습니다. 어진 사람을 모해하고 바른 사람에게 억울한 누명을 씌워서 죽이는 놈들이 악당이 아니고 무어란 말이냐. 악당의 무리가 조위*와 관군의 이름을 빌렸다 해서 바른 사람이 가만히 팔짱을 끼고 앉아 도륙을 당해야 옳단 말인가. 이리 죽으나 저리 죽으나 죽는 판에 역도(逆徒)의 이름을 면할 줄 아느냐. 다행히 하늘이 도와서 악당을 무찌르고 우리가 이긴다면 저들이 역도가 될 것이고, 우리가 조위를 입지 않겠느냐. 만약 동생이 싫다면 나 혼자라도 내 수하들을 거느리고 순원의 목을 얻으러 가겠다."

*조위(朝威): 조정의 위신.

88

기나는 이렇게 큰 소리로 외치며 자리에서 일어났다.

"기나의 말이 옳다 나도 내 수하 장사들을 거느리고 가서 김신충의 목을 빼앗아 오겠다" 하고 큰아들 기수도 일어났다.

"너는 다시 어떠냐."

아버지 영종이 또다시 기파의 의견을 물었다. 그러나 기파랑은 그의 아버지 앞에 두 손을 짚고 머리를 수그린 채, "아버님, 이것은 원통함과 분함에서 취하는 일이요, 대의가 분명한 일은 아닙니다. 억울함과 원통함이야 우리가 받을 손해에 불과한 것이요, 그 손해가 비록 죽음과 누명에 이른다 할지라도 이미 정해진 '손해'를 면코자 다른 손을 쓰고 싶지는 않습니다. 그런 일에 제 목숨과 이름을 쓰느니보다는 차라리 아버님께 그대로 돌려드리고자 합니다. 부디 받아 주셔서 본디와 같이 없이해 주소서."

이렇게 말하며 그는 자기의 칼을 빼서 두 손으로 그의 아버지께 바쳤다.

그러나 영종은 아들의 칼을 받지 않은 채 침통한 얼굴로, "어진 아들아. 너는 나를 가르쳐 주었다. 그러나 나는 너에게서 배우지 못하고 네 형들과 함께 나가 우리의 운명을 시험하겠노라. 지니긴 일을 돌이키지 못할진대 이제는 하는 수 없이 되었구나."

이렇게 말을 남기자 곧 무장을 갖추고 밖으로 나가 버렸다.

김영종과 그의 두 아들이 거느리는 결사대 300명은 두 길로 나누어 하나는 김신충의 집으로 향하고 하나는 김순원의 집으로 향해 진격하였다. 김신충과 김순원도 그동안에 이미 약 100명씩이나 갑사들을 모아 놓고 각각 대기를 시키고 있었으므로 공격군이 이르자 양군 사이에는 이내 처절한 격전이 전개되었다. 그러나 김신충이나 김순원으로 말하면 김영종이 먼저 손을 써서 이와 같은 결사대를 이끌고 쳐 올 줄을 모르고 그저 경비원 정도로 약 100명씩을 배치시켜 두었던 것이라 여간 당황하지 않았다. 더욱이 공격군은 기수, 기나 두 형제의 직속 부대로, 그들 두 형제가 이미 죽음을 각오한 싸움이니만큼 그들의 공격은 용감과 장렬을 극했다.

둘째 아들 기나가 공격하는 김순원의 집은 삽시에 불이 붙고, 집을 지키던 약 100명의 갑사들은 그들을 맞아 싸우기보다 김순원과 그의 가족들을 도망시키기에 더욱 급급한 판이었다. 김순원의 아들 유경은 그의 가족들과 함께 뒷문으로 빠져나가다가 누구의 것인지도 모르는 난데없는 화살에 맞아 죽고 말았다. 다른 가족들도 많이 부상을 입은 채 어둠 속에 싸여 간신히 목숨을 건졌다.

공격군은 노도같이 밀려오며, "김순원을 죽여라!", "김순원을 죽여라!" 하고 외쳤으나, 김순원을 찾아내지는 못했다. 그는 남의 집 보릿짚 무더기 속에 숨어 있었던 것이다.

기나의 결사대는 연방 '김순원을 죽여라'를 외치며 궁성을 향해 몰려갔다. 그러나 이것은 총지휘격인 김영종의 명령으로 저지되었다. 그들은 김신충의 집을 향해 진격의 목표를 돌렸다.

김신충의 집에서는 그의 큰아들 김중악(金重岳)이 무장이었으므로 김순원과 같이 이내 허물어지지 않았다. 그는 손수 칼을 빼들고 나와 갑사들을 지휘하여 싸웠으므로 본부 군이 이르기까지 간신히 버틸 수 있었다. 그리하여 기나의 공격대가 기수의 병력과 합세하였을 때는 이미 본부 군이 잇따라 증원되기 시작한 뒤였다. 그리고 그때는 이미 밤도 희뿌옇게 샐 무렵이었다.

불길과도 같이 맹렬하던 기수, 기나 두 형제의 공세도 날이 새면서부터는 차차 무디어지기 시작하였다. 화살이 대개 동이 났던 것이다. 반면에 관군은 날이 밝아질수록 자꾸 더 증원될 뿐 아니라 우세한 장비로써 반격을 개시했다. 이리하여 날이 아주 환히 다 샜을 때는 약 열 곱절이나 되는 관군에 의하여 완전히 포위된 채, 공격군의 대부분은 전사를 한 뒤였고, 남은 병사 수십 명도 대개는 부상을 입었거나 화살이 떨어져서 싸울 능력이 없는 사람들 뿐이었다.

기수, 기나 두 형제는 날이 다 샌 동시, 거사가 실패로 돌아긴 깃을 알자 스스로 약속한 뒤 서로 마주 찔러서 죽었다. 그들의 아버지 김영종은 그보다 먼저 그를 호위하고 있던 그의 수하 군사 두 사람의 배반에 의하여 생포되고 말았다.

김영종이 생포되기보다도 또 먼저 기파랑과 그의 바로 손아래 누이동생인 정하(貞河)는 자기네 집에서 생포되었다. 그들의 어머니 박씨는 자결해서 죽고, 그들의 막내 동생인 기지는 칼을 들고 항거하다가 찔려 죽었다. 그때 기지의 나이 열한 살이요, 그 위의 정하는 열세 살이었다.

이튿날 아침 일찍이 김신충이 효성왕을 배알하고 이 일을 아뢰었다.

"사, 사뢰옵기 황송하오나!" 하고 그의 두 눈이 퀭하여 아직도 놀람이 가시지 않은 얼굴로 입을 떼었다. 그의 입술은 푸들푸들 뛰고 있었다.

"반도의 괴수 김영종이 이찬 김순원을 상감께 중상하더니, 그 길로 상감께 원한을 품고 제 아들들을 시켜서 황공하옵게도 반란을 일으키려 하는 정보를 사전에 입수하여 관군을 대비시켜 두었다가 그 일당을 모조리 생포하여 대죄시켜 두었나이다" 하였다.

이 말을 들은 왕은 무슨 꿈이나 꾸는 듯한 얼굴로, "무어, 파진찬 김영종이 반란을 일으켰다고? 누구의 명령으로?" 하였다.

"아뢰옵기 황송하오나 상감께 원한을 품은 줄 아나이다."

"무어, 나에게 원한을 품었다? 여기 곧 대령토록 하오."

왕은 아직도 정신이 채 돌아오지 않은 듯한 얼굴이었다. 그는 이 3, 4년 동안에 형편없이 늙어 버렸다. 마흔일곱 살에 처음으로

왕위에 오른 때와 지금의 그를 비교한다면 10년 이상이나 늙은 듯
하였다.

김신충이 김영종을 결박하여 왔다.

왕도 이제는 제정신이 돌아오는 모양이었다. 김영종의 얼굴을
한참 동안 멀거니 바라보고 있던 왕은, "너는 무슨 일로 반란을 일
으켰느냐?" 하고 아주 천연스럽게 물었다. 이때 김영종은 이를
부드득 갈고 나더니, "성상을 속이고 정사를 문란케 하며, 어진 사
람에게 억울한 누명을 씌워 죽이려는 김신충의 무리를 물리치고
성상의 일월지덕(日月之德)을 밝히고자⋯⋯."

김영종의 말이 미처 끝도 나기 전에 김신충이 그의 말을 가로막
으며, "역도 김영종이 조위를 어지럽히고 대신을 모해하려 하였
사오니 한시 바삐 극형을 내리심이 마땅한 줄 아나이다" 하고 머
리를 굽실거렸다.

이때 왕이 다시 입을 열었다.

"네 딸 정화는 내가 특히 생각해서 그 목숨이나 보존케 하려 했
더니 네가 새삼 반란을 일으키고 대신을 함부로 모함했기 때문에
이제는 함께 주벌*할 수밖에 없다. 그밖에 다른 소원은 없느냐?"

김영종은 머리를 수그리고 한참 동안 생각하고 나더니 이제는
아무래도 죽게 된 바에 다만 한 가지라도 자손을 위해서나 구명을

* 주벌(誅罰): 죄인을 꾸짖어 벌을 줌.

해두고 싶었던 것이다.

"소신의 네 아들 가운데서 셋째인 기파는 소신에게 극력으로 이 일을 말렸고, 또한 끝까지 가담하지 않았사오니, 만약 그 아이가 살아 있으면 시비를 가려 주시기 바라나이다."

"……."

왕은 고개를 끄떡였다.

"그럼 반도 김영종을 그의 여식 정화와 함께 주벌키로……" 하는 김신충의 말을 가로막으며, "김영종의 가족은 모두 어디 있는고?" 하고 왕이 물었다.

"모두 죽고, 생포된 자는 김영종 외에 그의 셋째 아들 기파와, 그의 둘째 딸뿐인 줄 아나이다."

"그러면 그들 남매는 부형의 죄에 연좌시키지 말고 내가 분부할 때까지 보호해 두오."

김신충도 이 문제를 가지고 왕과 다투고 싶지는 않았다. 그까짓 애들쯤이야 서서히 도모해도 늦지 않으리라 믿었던 것이다. 그보다도 그에게는 김영종과 정화의 목을 베어 없애는 일이 더 급했던 것이다.

이튿날 왕은 기파와 정화를 불러들이게 하였다. 한 쌍의 소년 소녀를 보자 왕은 가슴이 두근거리기까지 하였다. 그렇게도 그들 남매는 뛰어나게 아름다운 얼굴이었던 것이다.

왕은 사흘 동안이나 계속하여 그들 남매를 친히 심문하였다. 그들을 접견하는 일이 한 즐거움같이도 보였다. 사흘째 되던 날 왕은 얼굴에 온화한 웃음을 띤 채, "내가 일찍이 너희 남매를 보았던들 이런 참변이 일어나지 않았을 것을……" 하며, 혼잣말같이 중얼거렸다.

두 남매는 말없이 고개만 깊이 떨어뜨리고 있었다. 왕은 다시 말을 계속하였다.

"내 너희들을 더 아끼고 싶으나 나라의 이목이 있으니 하는 수 없다. 기파에게는 생명을 보존케 하여 내보내어 3년 동안은 서울에서 살지 못하게 한다. 정하는 내 전비 박씨에게 보내어 박씨를 시봉*케 한다."

이리하여 그들 남매는 왕의 특별한 은사로 인하여 다시 목숨을 얻게 되었다.

기파랑이 왕의 특별한 은사로 다시 자유스러운 몸이 되었다는 소문을 듣고 김정충의 딸 민정이 야음을 타고 와서 그를 찾았다. 그러나 그는 그녀를 만나지 않고 그의 누이동생인 정하를 통하여 편지 한 통을 전했다. 편지의 내용은 다음과 같다.

오오, 사랑하는 민정랑(敏淨娘). 사랑이 무엇이기에 내 가슴속
*시봉(侍奉): 모시어 받듦.

에 아직도 그대 생각이 남아 있단 말이오. 민정랑, 이 몸은 이미 죽은 몸이오. 죽은 몸이 땅속에 묻히지 못하고 땅 위에 남아 있으니 어찌 서럽지 않겠소.

사랑하는 민정랑, 이 몸은 일찍이 한 번도 목숨에 집착을 가져본 적이 없었소. 언제든지 그것은 한 번 옳은 일을 위하여 쓰일 물건 같이 생각하여 왔다오. 그러나 복이 없는 이 몸에게는 그러한 기회가 돌아오지 않았소. 그래서 이 몸은 이 몸의 목숨을 이 몸의 아버지께 돌려드리려 하였으나 아버지께서 받아 주시지 않으시매 그다음엔 억울하게도 주벌을 당해야 할 부형과 연좌되었으나 성상께서 또한 이 목숨을 이 몸에게 돌려주었소. 그러한 이 목숨이거늘 이제 새삼 내 손으로 끊어서 불효 불충이 될 수도 없구려.

사랑하는 민정랑. 아무리 깊은 수풀 속에서 피나게 우는 두견일지라도 이 몸의 슬픔을 다 울지는 못할 것 같소. 사랑이 무엇이기에 이 몸의 가슴속에 아직도 그대가 숨 쉬고 있단 말이오.

그럼 민정랑. 부디 복되게 사시오. 이 몸은 두 번 다시 사람의 마을에 나타나지 않을 것이오.

기파랑은 그길로 흔적을 감추자 과연 다시는 세상에 나타나지 않았다. 어떤 사람은 그길로 지리산으로 들어가 신선이 되었다고도 하고, 또 어떤 이는 어느 절에 가서 중이 되었다고도 한다.

저 유명한 「안민가(安民歌)」와 「찬기파랑가(讚耆婆郎歌)」를

지은 선승(仙僧) 충담(忠談)은 본래 그의 낭도 중의 한 사람이었
다고 한다.

열치고 나타난 달이, 흰 구름 좇아 떠나가는 어디

새파란 냇물 속에, 기랑의 모습 잠겼어라.

이로부터 조약돌에나, 그대의 마음결을 찾을까.

아아 잣〔栢〕가지 드높아 서리 모를 화랑님이여.

咽嗚爾處米 露曉邪隱月羅理

白雲音逐于浮去隱安支下 沙是八陵隱汀理也中

耆郎矣兒史是史藪邪 逸烏川理叱磧惡希

郎也持以支如賜烏隱 心未際叱肹逐內良齊

阿耶 栢史叱枝次高支好 雪是毛冬乃乎尸花判也

최치원

고운(孤雲) 최치원(崔致遠)의 시에 '가을바람은 괴롭게 읊조리는데, 세상에는 시를 아는 사람이 드물구나. 창밖에는 비가 내리고 밤은 삼경인데, 홀로이 등잔불을 바라보며 마음은 만 리 밖을 생각하다(秋風唯苦吟 世路少知音 窓外三更雨 燈前萬里心)'는 오절(五絶)이 있다.

신라 시대의 문호 최치원의 수많은 걸작 가운데서도 뛰어난 작품의 하나다. 나는 어려서부터 이 시를 애송하였다. 나는 그가 소년 시절과 청춘 시절을 당(唐)나라에서 외롭게 보냈다는 것을 들었기 때문에, 그가 '만 리 밖을 생각한다'는 이 '만리심'이란, 곧 당나라를 두고 하는 말이란 것을 짐작하였다. 그는 서른이 넘어 고국(신라)으로 돌아왔다고 한다. 그러니까 그동안 당나라에서 맺은 꿈같은 로맨스도 많을 것이며 쓴 경험도 한두 가지가 아닐 것이다. 그렇다면 그날 밤, 비가 내리는 삼경에 등불을 바라보며 생각한 당나라 시절의 추억이란 구체적으로 무엇일까? 나는 항상 이것을 궁금하게 생각하고 있었던 것이다.

그러나 천여 년 전의 일이라, 고운에 대한 기록은 지극히 간단한 것이며, 더욱이 그의 시에 대한 해설 같은 것은 거의 찾아볼 길도 없다.

그런데 우연히도 나는 이러한 나의 연래(年來)의 궁금증을 풀수 있게 되었던 것이다. 그것은 지금으로부터 스물다섯 해 전이다. 내가 해인사(海印寺)에 묵고 있을 때의 일이다. 하루는 백련암(白蓮庵)에 계시는 청뢰 선사(清籟禪師)에게 들렀다가 뜻밖에도 『쌍녀분후지(雙女墳後志)』라는 진기한 책 한 권을 얻어 보게 되었던 것이다.

책 거죽에는 한문 글자로 '쌍녀분후지'라 씌어 있고, 그 아래는 역시 한문 글자로 '신라 최치원'이라는 서명이 있었다.

"이게 어찌 된 책입니까?" 하고 내가 물으니까, 청뢰 선사는 얼른 대답을 하지 않고 그냥 빙긋이 웃고만 있었다.

청뢰 선사는 문학에도 조예가 깊다고 해서, 산중에서는 노소간(老少間)의 존경을 고루 받고 있었다. 나도 이때 이미 소설 「화랑이야기」가 당선된 뒤라 내 딴에는 제법 문학가로 생각하고 있을 무렵이니만큼 문학에 조예가 깊다는 이 노승을 깊이 존경하고 있었으며, 끝내는 그에게서 거사계(居士戒)까지 받게 되었던 것이다. 그래 나는 자주 그를 찾아 백련암으로 갔고, 그리하여 그가 나에게 이 『쌍녀분후지』를 보여 주었을 때는 이미 그와 나 사이에는 사제지간의 정도 두터워진 뒤였던 것이다.

"그럼 이것도 고운 선생의 저작입니까?" 하고, 나는 빙긋이 웃고만 있는 청뢰 선사에게 또 한 번 물어보았다. 청뢰 선사는 내가 이렇게 두 번째 물었을 때 비로소 입을 열어, "그래" 하고 나서 다시, "자네는 고운 선생의 문학 가운데서 이런 제목을 본 적이 있는가?" 하고 물었다.

나는 없다고 했다. 나도 그때 이미 백씨에게서 고운의 시문(詩文)에 대한 이야기를 자주 들었을 뿐 아니라, 쌍녀분에 대한 이야기도 대강은 들은 적이 있었으나, 여기 씌어 있는 바와 같은 '쌍녀분후지'란 난생처음 보는 제목이었던 것이다.

그러자 청뢰 선사는 그 조그만 눈에 광채를 띠며, "그럴걸세" 하고 득의의 미소를 짓고 나서, "이 책은 아직 세상에 공표되지 않았으니까" 하는 것이 아닌가.

이 말을 듣고는 나도 놀라지 않을 수 없었다. 신라 시대의 문호, 아니 해동 청사상(海東靑史上)의 문호 최치원의 유작이, 그것도 천 년 동안이나 묻혀 있었던 미발표의 작품이 여기 있다니, 이 얼마나 끔찍하고 신기하고 놀라운 일이란 말인가.

"그렇지만 이것이 고운 선생의 친작이란 것은 어떻게 압니까. 이것이 바로 고운 선생의 친필이기도 합니까?"

내가 이렇게 물었을 때 청뢰 선사는 가만히 미소를 띠고 있었다. 한참 뒤 그는 조용히 입을 열었다.

"고운 선생께서 말년에 이 절에 들어오셔서 여생을 보내신 것은 자네도 알겠지?"

"예, 그것은 기록에서도 보았고, 또 이 아래 홍류동(紅流洞)에 있는 비석에서도 보았습니다."

"그렇다면 됐어, 내 이야기할게, 들어 보게."

선사의 이야기를 요점만 추리면 다음과 같다.

고운 선생이 말년에 해인사의 홍류동천(紅流洞天)에 와 계실 때, 그를 섬기는 제자 한 사람이 있었다. 그해 해인사에 승적을 둔 혜석(慧石)이라는 젊은 학승이었다. 혜석은 고운 선생을 어버이와 같이 받들었으며 고운 선생은 그를 또한 친자식과 같이 사랑하였다. 그리하여 그가 세상을 떠나기 한 달 전에 겨우 끝을 맺은 최후의 작품 『쌍녀분후지』를 혜석에게 주며, '이것은 네가 가지되 세상에 드러내지 말라'고 유언했다는 것이다.

혜석은 그 뒤 이것을 자기의 후계자에게 전하되 선생의 유훈(遺訓)을 지켜 역시 세상에 공표하지 못하게 하였는데, 이것이 한 신성한 비전(秘傳)이 되어 천 년간을 다음에서 다음으로 내려와서 이제 자기의 손에 이르게 되었다는 것이다.

청뢰 선사는 끝으로 다음과 같이 말함으로써 이야기를 맺었다.

"내가 이 책을 물려받은 지도 어언 40년이나 되네. 그동안 세상은 많이 변했지. 내 그동안 생각해 보니 우리 윗대 스님들은 대단히 거룩한 어른들이나 너무 고지식했단 말일세. 왜 그런가 하면 그때 고운 선생께서 이 책을 세상에 드러내지 말라고 하신 것은 이것이 시문이 아닌 설화였던 것과, 또 선생 자신의 실기(實記)로 되어 있었기 때문이란 말일세. 요새 말로 하면 뭐라고 하는가. 소설은 소설인데, 즉 자기 자신이 직접 당한 이야기란 말일세. 자네는 마침 글을 좋아하는 사람이니 어디 한번 가져가서 읽어나 보게."

나는 청뢰 선사에게 고맙다는 인사의 말을 하고 곧 그것을 읽어 보기로 하였다.

그 결과 그것은 과연 비전이 될 만한 책이란 것을 깨닫게 되었다.

"스님, 이 책을 지금이라도 세상에 발표하는 것이 어떻겠습니까?"

나는 그것을 다 읽고 나서 청뢰 선사에게 이렇게 제안하였다. 선사는 가만히 웃으면서, "어떤가, 발표해서 선생께 누가 될 것 같지는 않은가?"

"누라니요? 이것을 발표하면 고운 선생의 더 위대한 점이 나타나지요."

"그래, 그렇다면 자네에게 맡기니까 적당히 해 주게. 나는 자네의 아버지도 알고 백씨와도 잘 아는 사이니까 자네를 믿고 맡기겠네."

나는 선사에게 절하고 나서 이 책을 맡았다. 그러나 이 책의 운명은 정말로 기구를 극하였다. 내가 이 책을 그 당시의 순수 문예지인 『문장』지에 원문과 함께 역문(譯文)을 연재하려고 교섭을 하고 있을 때, 나는 불행히도 일제 경찰에 검거되는 동시에 나의 귀중한 책들이 모두 압수되는 통에 그것도 그 속에 끼어들고 말았던 것이다.

그 뒤 나는 반년이나 지나서 석방이 되긴 하였으나 그 책은 끝내 경찰의 손에서 찾아내지 못하고 말았다. 그동안 내가 이 책을 찾기 위하여 바쳐 온 노력이란 필설로 다할 수 없는 것이었으나 책은 결국 돌아오지 못하고 말았다(경찰에서는 그 책이 폭격에 의하여 경찰서와 함께 타고 말았다는 것이다).

이에 나는 고운 선생이나 청뢰 선사에 대한 죄송스러움과 내 자신의 안타까움을 참지 못하여 그때에 내가 읽은 기억을 자료로 하여 『쌍녀분후지』를 여기에 공개하려 하는 바이다. 원문은 물론 한문이요, 그것도 또한 지금도 기억에 남은 것만 자료로 하느니만큼 이것이 원문 『쌍녀분후지』와 꼭 같다고 장담할 수는 없다. 군데군데 내 주관이 많이 섞이게 될는지 모르지만 이 점에 대해서는 미리 양해를 구해 두는 바이다.

    내가 당나라로 건너간 것은 열두 살 때요, 당나라에서 과거를 본 것은 열여덟 살 때다. 나는 과거에 등과하여 진사가 되고, 이내 선주(宣注) 율수현(溧水縣)의 현위(縣尉)로 임명되었다. 그러니까 이 이야기는 내가 현위로 임명된 이듬해의 일이다.

    하루는 친구들과 더불어 현내(縣內)의 명소인 '쌍녀분(雙女墳)'을 구경하게 되었다. 쌍녀분은 율수현의 남쪽 언덕 위에 있었는데 무덤 앞에는 석문(石門)이 있고, 그 석문에는 '쌍녀분'이란 세 글자가 현판과 같이 가로 새겨져 있었다. 무덤 위에는 잡초가 우거져 있고 잡초 속에는 개구리와 여치가 뛰고 있었다. 나는 무엇인지 서글픈 생각이 들었다. 그리하여 나는 동행을 돌아다보며 이렇게 물었다.

    "이것이 누구의 무덤이오?"

    "쌍녀분."

    동행은 이렇게 대답하였다.

    "글쎄 쌍녀분이란 것은 석문에 새겨져 있으니까 나도 알지만 어떠한 내력이란 말이오?"

    "그건 나도 모르겠소."

    이 말을 듣자 나는 더욱 서글픈 생각이 들었다.

나는 무덤에서 내려왔다. 그리하여 그 근처의 주막에 들어가 술을 마셨다. 그러는 동안에도 내 가슴은 무언지 뭉클한 것이 울결*된 채 풀리지 않았다. 얼굴은커녕 이름도 성도 모를 두 여자의 무덤. 것도 어제 오늘의 일이 아니요, 수백 년 전에 이미 흙이 되어버린, 알지 못할 두 여자의 무덤, 그것이 왜 그렇게 내 가슴을 아프게 하는지 알 길이 없었다(지금 생각하면 그것도 한갓 내 젊은 날의 여수*에 지나지 않았는지 모르지만).

그날 밤 나는 관사에 돌아갔어도 잠을 이루지 못했다. 밤이 깊도록 내 마음은 까닭 모를 회포에 잠긴 채 아득한 옛날로 돌아가 헤매기만 하였다.

닭이 첫 홰를 울었을 때였다. 내 마음속에서 홀연히 다음과 같은 시(칠언 율시) 한 수가 떠올랐다.

누구 집 두 처녀가 이 무덤 남겼기에

해마다 잡초 속에 설운 봄을 맞는고.

아리따운 그 모습 저기 저 달 되었는가

이름 암만 불러도 무덤은 대답 없네.

애달픈 정 사무치어 꿈길 속에 오가거니

*울결(鬱結): 가슴이 답답하게 막힘.
*여수(旅愁): 객지에서 느끼는 쓸쓸함이나 시름.

106

긴긴 밤 나그네의 시름만 돋우누나.

외로운 이 자리에 그대 만나 본다면

안타까운 이 마음 풀어 본다 하련만

誰家二女此遺墳　寂寂泉聲幾怨春

形影空留溪畔月　姓名難問塚頭塵

芳情儻許通幽夢　永夜何妨慰旅人

孤館若逢雲雨會　與君繼賦洛川神

나는 이튿날, 이 시를 나의 시우(詩友)로서 마침 나를 찾아 준 장수(張秀)에게 보였다.

장수는 혼자서 목청을 돋우어 가며 두어 번 낭송을 하더니, "자네 이러다간 귀신하고 연애하겠네" 하였다.

나는 그의 말에 쓴웃음을 지으며, "설마 그렇기야 하려고" 하였다.

그런 지 달포 지난 뒤였다.

하루는 진덕(陣德)이 찾아와서, "자네 저번에 지은 시 내 보았네" 하였다. 장수에게서 들었다는 것이다.

진덕으로 말하면 나의 가장 친한 시우의 한 사람이요, 그의 집은 이 고을에서도 가장 이름 높은 구가(舊家)였던 것이다.

내가 역시 쓴웃음을 띠려니까 진덕은 다시 말을 계속하였다.

"우석(于石, 장수의 자)이 자네가 귀신과 연애하겠다고 걱정했다면서, 나도 동감일세. 자네의 그 그윽한 회포를 내 헤아리지 못할 바 아니지만 유명(幽明)을 달리한 색시를 두고 공연히 심신을 손상시킬 필요는 없지 않은가."

"이 사람아, 혼자서 그렇게 속단하지 말게. 누가 심신을 손상시키고 어쩌고 한단 말인가."

"그럼 다행이지. 그런데 그 쌍녀분의 고사는 내가 들은 것이 있어. 그건 옛날 장씨가(張氏家)의 두 딸 형제가 놀라운 문재(文才)를 가졌었는데 그 부모가 소금 장수한테 시집을 보내기로 하니 함께 분사*를 했대. 그래서 거기다 함께 묻었다는 거야."

"그것을 진작 좀 알려주었더라면 좋았을 것을……."

"아무튼 좋아. 내 오늘은 자네를 위하여 술을 마련해 두었네. 자네의 신작 시를 위한 피로연이라고 할까."

"자네의 후의는 고맙네마는 제발 너무 놀리지는 말게."

"자네의 시에 자네의 심정이 나타나 있기에 하는 말이지, 내가 자네를 놀리려고 그러는 줄 아는가. 아무튼 좋으니 나와 함께 가세."

이리하여 나는 그를 따라 진씨촌(陣氏村)으로 가게 되었다. 나

* 분사(憤死): 분에 못 이겨 죽음.

108

는 그전에도 그를 따라 몇 번 이 동네에 와서 놀다 간 일이 있었지만 이 진씨촌 가운데서도 진덕의 집은 가장 크고 넓은 편이었다.

진덕은 나를 그의 서재로 인도하여 들인 뒤 술과 음식을 차려 내어오게 하였다. 그런데 내가 처음부터 좀 이상하게 생각한 것은, 그의 말대로 나의 새로 된 시를 위한 피로연이라면 왜 다른 시우들을 초청하지 않았을까 하는 점이었다.

그와 내가 술상을 사이에 두고 마주 앉자, 가기(家妓) 두 사람이 들어와서 양쪽 상머리에 앉아 술을 따라 주었다.

"자아, 들게."

그는 자기의 술잔을 받아 나에게 마시기를 청했다. 우리는 함께 첫 잔을 내었다.

"다른 친구들은 오지 않는가?"

내가 이렇게 물으니까, "음, 오늘은 조용히 자네와 단둘이서 마시고 싶네" 하고 대답하였다.

"그럼 저희들은 물러나가리까?"

기생 하나가 샐쭉이 웃으면서 이렇게 말참견을 하자, "얘가 왜 이러느냐?" 하고 그는 점잖게 꾸짖었다.

술이 얼근히 돌았을 때였다.

"우리 이제부터 자리를 바꾸어서 마셔 볼까?" 하였다.

나는 어찌 된 영문인지를 몰라서, 뭐 그럴 게 있느냐고 했더니,

그는 또 그 둥글넓적한 얼굴에 부드러운 미소를 지으면서 '좋은 일이 있으니 따라와 보게' 하는 것이다. 나도 그를 따라 일어났다.

그의 집은 워낙 넓었기 때문에 같은 담장 둘레 안에도 이루 다 헤아릴 수 없는 수많은 집과 수풀과 연못과 언덕이 있었다. 나는 그를 따라 수풀을 돌아 연못가에 나왔다. 머리 위에는 보름 좀 지난 둥근 달이 떠 있었다. 달빛은 못가에 서자 갑자기 환히 밝아지는 듯하였다.

이때 그는 못가에 있는 별당 한 채를 가리키며, "저것이 내 별당일세" 하고 자랑스럽게 말했다.

우리는 그쪽을 향해 걸음을 옮겼다. 가까이 갈수록 그 일대에 어우러져 피어 있는 꽃향기가 우리의 코를 찌르는 듯하였다.

별당에는 불이 켜져 있었다. 진덕이, "얘야" 하고 부르자 안에서 계집애 하나가 문을 열고 나왔다.

그는 그 계집애에게, "가서 아가씨 모시고 오너라" 하고 나서, 나를 돌아다보며, "자, 들어가세" 하였다.

방 안에는 이미 술과 음식상이 차려져 있었다(진덕이 미리 모두 시켜 두었던 모양이었다).

우리는 자리에 앉자 이내 두 차례째의 술을 들기 시작하였다. 그도 술이 이미 반취나 된 듯해 보였다.

"이 집은 그래도 우리 집안에서는 제일 운치를 살리노라고 지

110

은 집일세. 자네 보기엔 어떤가. 그다지 속되지는 않은가?"

"속되다니. 천만에, 썩 훌륭한걸."

나도 얼근한 판이라 거침없이 칭찬을 해 주었다.

"음, 그럼 안심이야, 그럼 됐어. 자아 한 잔."

이렇게 우리가 또 술잔을 기울이고 났을 때였다. 아까의 그 계집애가 방문을 방긋이 열며, "아가씨 모셔왔어요" 하였다.

진덕이 일어나더니 마루로 나갔다. 그러자 이내 어떤 소복단장의 처녀 하나를 데리고 들어왔다. 처녀는 열아홉 가량 나 보이는 절색이었다. 나는 그때까지 그다지 많은 여자를 보지는 못했지만 내가 일찍이 본 어떠한 여자보다도 월등하게 아름다웠을 뿐만 아니라 그렇게도 아름다운 여자는 세상에 다시 있을 것 같지도 않았다. 만약 내 곁에 진덕이 앉아 있지 않는다면 나는 내가 꿈속에 들어 있거나 그렇지 않으면 무슨 선녀나 귀녀(鬼女)에게 홀려 버린 것이라고 생각했을 것이다.

"너 이 손님께 인사드려라."

진덕이 나의 이러한 망상을 깨뜨리려는 듯 의젓한 목소리로 이렇게 말했다. 그러자, 처녀는 절을 나붓이 하고 앉았다.

"유명하신 고운 선생이시다."

그는 먼저 이렇게 나를 그녀에게 소개하였다. 그러고 나서 다시 나를 바라보며, "이 애는 내 누이동생일세. 더 자세히 소개하면 내

사촌 누이일세. 우리 숙부의 측실에서 난 애지. 그런데 우리 숙부께서 일찍이 세상을 떠나시고 또 그 뒤가 없으니 이 애들을 종가에서 맡은 셈이야. 이름은 수(鮋)."

진덕은 말을 마치고 나서 또 그녀를 향해, "손님께 술잔 올려라" 하였다.

수랑은 그가 시키는 대로 공손하게 두 손으로 술잔을 올렸다.

나는 가슴이 와들거리는 것을 간신히 참으며 푸들거리는 손으로 그 잔을 받아 마셨다.

진덕은 또 입을 열었다.

"이 애는 시서(詩書)와 가무(歌舞)에 모두 소질이 있다네" 하고 나서, "너 고운 선생의 시 한 수를 읊어라" 하였다.

수랑은 수삽한 듯이 고개를 소곳이 수그린 채 응답이 없었다.

"내가 시키는 대로만 해라. 알지?" 하고 진덕이 다시 한 번 재촉하자, 이번에는 그녀도 목소리를 내기 시작하였다. 어느 사이에 외웠는지 나의 「쌍녀분」을 읊지 않는가. 나는 정신 나간 사람처럼 그녀의 얼굴만 멍하니 바라보고 앉아 있었다. 내 머릿속에는 은하수가 곧장 흘러내리는 것만 같았다. 그녀의 목소리는 그렇게 맑고, 높고, 시원하였다. 그것은 도저히 밥을 먹고 배설을 하고 사는 사람의 그것 같지 않았다. 이야말로 구름과 안개를 타고 다니는 선녀의 그것 같기만 하였다.

"어떤가, 자네의 시를 그다지 손상시키지나 않았는가?"

"천만에, 여기다 대면 내 시가 부끄럽지."

"아무튼 고맙네."

진덕은 또 나에게 술잔을 들라고 재촉하였다.

"그리고 내 누이에게도 한 잔 권해 주게" 하였다.

나는 그의 말이 은근히 고맙기도 하였으나 그들의 풍속을 자세히 안다고 할 수는 없으므로, "그래도 괜찮은가?" 하고 진덕을 바라보았다.

"괜찮다 뿐인가, 영광이지. 모든 걸 나에게만 맡기게."

나는 그의 말에 용기를 얻어서 그녀에게 술잔을 돌리기로 하였다. 그녀는 꿇어앉은 채 두 손으로 그 잔을 받더니 마시지도 않고 놓지도 않고 그냥 들고만 있었다.

"마셔라."

진덕이 명령하였다. 그래도 주저하는 그녀에게, "너는 모든 것을 나에게 맡기면 된다. 알지?" 하자 그녀는 잠자코 그것을 입으로 가져갔다.

술잔을 내고 난 그녀에게 진덕은 다시, "이번에는 너 춤을 한번 추어라" 하였다. 뒤이어 그는 곁방을 향해, "애, 유야, 현금 타라" 하고 명령하였다.

나는 더욱 정신이 어리둥절하였다.

곁방에 이미 현금 탈 사람이 대기하고 있었으리라고는 꿈에도 생각하지 못했던 일이었던 것이다(이 방과 곁방 사이엔 창호지로 바른 미닫이문이 닫혀 있었다).

그의 명령이 떨어지자 그쪽 방에서는 곧 현금의 줄 고르는 소리가 뚱땅거리며 들려왔다.

대체 유라고 불린 사람은 누구일까. 여자일까, 남자일까. 그는 왜 이 방에 들어오게 하지 않고 곁방에서 현금을 타게 할까.

나의 의문은 끝이 없었으나 나는 그것을 참고 있을 수밖에 없었다.

이윽고 곁방에서 '뚱지당당' 하고 가락이 튀기 시작하였다. 수랑도 현금에 맞추어 춤을 추기 시작하였다. 이때의 그 음악과 춤을 나는 지금도 어떠한 말로도 나타낼 수 없다는 점에 있어서 매한가지다. 그때 내 입에서 부지중 다음과 같은 말이 흘러나왔지만 이것은 나의 부질없는 망상에 지나지 않았다.

오오, 임은 서리 찬 하늘가에

새초롬히 웃으시는 새벽달인 양

안개와 강물로 차라리 막으시는데

저 하늘을 찢는 듯한 울음소리

그 울음소리에도, 오오 그냥

위태로이 웃고만 계시는가.

학(鶴)이여, 네 새벽달과 입 맞춘

슬픈 학이여, 누가 알랴,

여기 물결 자욱한 바다 위를

너 혼자 울음 삼키며 나는 줄을

하늘은 아홉 하늘, 아아

아홉 하늘 날아 예도

임은 그냥 저만치 웃고만 계시는가.

춤과 음악이 멎었다.

나는 진덕에게 턱으로 곁방을 가리켜 보였다.

현금을 타는 사람이 누구냐는 뜻이었다. 그러나 진덕은 이에 대하여 아무런 대답도 없이 그저 고개만 끄덕이고 나서, "이제 손님에게 인사드리고 너희들은 물러나라" 하고 명령했다.

수랑은 역시 처음과 같이 절을 사뿐히 하고는 말없이 물러 나가 버렸다. 그와 동시, 곁방에서도 사람이 물러나가는 듯한 기척이었다.

그때도 나는 그가 '너희들'이라 하고 복수를 쓰는 것이 무언지 이상하게 들리기는 하였으나, 그가 곁방에 대해서는 설명을 하지 않으려는 태도임을 보았기 때문에 또다시 물을 수도 없었다.

수랑이 나간 뒤에 그는 나에게 이런 말을 물었다.

"자네 그 애 어떻게 보는가?"

"절색이로군."

"맘에 드는가?"

"그건 왜 묻는고."

"맘에 든다면 그 앨 자네에게 주려고 그러네."

"고맙네."

그때 내 입에서는 나도 모르는 사이에 이런 말이 새어 나와 버렸다. 그러나 다음 순간 나는 취중에서도 좀 겸연쩍다는 생각을 하며, "그렇지만 내가 어려서 단신으로 고국을 떠나와 있다는 것은 자네도 알지 않는가" 하고 자기의 현실적 조건을 말했다.

"그야 알다 뿐인가. 그러니까 나에겐 조건이 없네. 더 까놓고 말하면, 자네에게만은 걔를 기생 같은 조건으로 맡겨도 좋다는 뜻일세. 그 복잡한 이유를 나는 다 말할 수 없네. 다만 한 가지, 걔는 아무 데도 시집을 가지 않으려고 하네. 집에서 무리로 보내면 제 손으로 목이라도 매어 죽을 애야. 그렇다고 해서 그대로 두어 둘 수도 없고 여간 골칫덩이가 아니야. 그런데 마침 자네의「쌍녀분」시를 보고 어떻게나 애송을 하는지 자네와 접촉을 시키면 그 애의 마음도 움직여지지 않을까 하는 생각이라네."

이 말을 듣자 나는 또다시 얼떨떨한 생각이 들었다. 나와의 접촉에서도 수랑의 마음이 움직여지지 않는다면 나는 헛물을 켜고 말지 않는가 하는 생각이 들었기 때문이었다. 그러나 진덕의 말에 의하면 나에게만은 기생과 같은 조건으로 맡기겠다고 하니 미리 겁을 먹고 달아날 필요는 없지 않느냐 하는 생각이기도 하였다.

이렇게 하여 나와 그녀와의 접촉은 시작되었다. 이틀이나 사흘에 한 번씩 나는 진덕을 찾아가 그의 별당에서 그녀와 만나 놀곤 하였다.

그렇게 네 번째 그녀와 만났을 때였다. 나는 그녀의 그 형용할 수 없이 아름다운 얼굴과 몸과 목소리와 춤과 노래에 빠진 채 이제는 그 이상 자기 자신을 지탱할 수 없게 되었다. 밤이 이슥했을 때였다. 나는 그녀의 손목을 잡고 부르르 떨며, 동침하기를 청했다. 그러자 그녀는 곧 고개를 흔들며, "놓으세요" 하였다.

"나는 놓을 수 없다, 귀랑(貴娘)을 잊을 수 없다" 하고 떼를 쓰다시피 말했다.

"그래도 안 돼요. 나는 언제든지 곧 죽어 버릴 수 있는 년이에요."

이렇게 말하는 그녀의 눈에는 어딘지 파란 칼날이 돋친 듯도 하였다. 나는 섬뜩한 생각이 들어서 슬그머니 손을 놓아주었다. 그러면서 말했다.

"나는 귀랑을 본 뒤부터 미친놈이 되었다. 나는 귀랑을 잊을 수 없어. 무언지 가슴이 뻐개지는 것만 같아."

내 목소리는 거의 울음에 가까웠고, 내 두 눈에서는 뜨거운 눈물이 주르르 쏟아져 내렸다.

그때 그녀는 말없이 긴 한숨을 내쉬었다.

"저에게는 귀랑과 같은 눈물이 없는 줄 아세요. 제가 귀랑의 「쌍녀분」을 읽었을 때부터 얼마나 귀랑을 뵙고 싶어 한 줄 아세요. 제가 만약 낭군을 맞이할 수 있는 몸이라면…… 아아…….."

수랑은 이렇게 말하다가 갑자기 흑흑 흐느껴 울기 시작하였다.

울음을 그친 뒤 수랑은 손가락으로 곁방을 가리키며, "지금도 저 방엔 제 동생이 앉아 있어요. 그날 현금을 타던 바로 그 애에요" 하였다.

"무어 동생이라니?" 하고 내가 질겁을 하고 놀라서 물으니까, 그녀는 다음과 같은 이야기를 하는 것이었다.

걔와 저는 쌍둥이예요. 어려서부터 둘이 다 퍽 예뻤어요. 옛날 삼국 시대에 오(吳)나라에 이교(二喬)라는 자매 미인이 있었다지요. 사람들은 저희가 쌍둥이 미인이라 해서 쌍교(雙喬)라 불렀답니다. 그런데 사람들이 어쩐지 저보다 제 동생을 모두 더 뛰어난 미인이 될 거라고 그랬어요. 저는 어린 마음에도 그런 말이 여간 듣기 싫지 않더군요. 시기가 나서 견딜 수 없었어요. 한 번은 저희 외삼촌 아주머니가 와서, 저더러, '얘, 넌 암만 해도 네 동생보다 못하겠다' 하기에 그만 앙앙 울어 버렸어요. 그 뒤부터는 누구든지 그런 말만 하면 당장 달려들어 입을 찢어 주고 싶더군요. 그런데 한 번은 또 저희 오촌 아저씨가 와서 저희 형제를 두고 하는 말이 '수가 조비연(趙飛燕)이라면 유(鮪)는 조소의(趙昭儀)로구나' 하시잖아요. 그전에 저는 조비연이 천하의 미인이지만 그 동생 조소의만은 못해서 천자님의 총애도 그 동생에게 기울어졌다는 이야기를 들은 적이 있었기 때문에 오촌 아저씨의 그 말이 골수에 사무치도록 분해서 견딜 수 없었어요. 사건이 일어난 것은 바로 그날 저녁때예요. 마침 후당(後堂)에 다른 사람은 없고 저와 제 동생만 있었는데, 동생은 잠이 들어 있었어요. 저는 화로에서 끓고 있는 주전자의 물을 가지고 잠자는 동생의 곁으로 갔어요. 그러고는 한쪽 손으로 동생의 잠든 눈을 벌려 뜨게 해놓고 거기다 그 끓는 물을 몇 방울 흘려 부어 버렸어요. 동생이 뛰어 일어나며 죽는다고 소리를 질렀지만 소용이 있겠어요. 그길로 동생은 그 눈을 아주 잃고 말았는걸요. 그때부터 저는 죽을 결심을 했어요. 그런데 동생은 이상하게도 저를 그다지 원망하거나 미워하는 빛을 보이지 않고 오히려 종전보다도 더 저를 따르는군요. 무슨 좋은 물건이 생기면 꼭 두었다가 저에게 주곤 했어요. 참 이상한 아이였어요. 그러지 않아도 저는 동생이 불쌍해서 죽고 싶은데 더구나 그렇게 저를 믿고 따르니 어떻게 되겠어요. 동생은 제가 혼자 있는 틈을 타서 송곳으로 제 성한 눈알 하나를 마저 찔러 버렸어요. 왜 그랬느냐고 제가 울면서 물으니까, 자기의 그런 눈으로 세상을 바라보는 것이 너무나 슬퍼서 그랬대나요. 지금도 그때 개가 하던 말이 귀에 쟁쟁 들리는 듯해요. '거울을 볼 때마다 내 흉한 얼굴이 그렇게 슬픈 줄 알우? 아니라오. 나는 내 얼굴을 볼 때보다 언니의 얼굴을 볼 때 열 곱절도 더 슬프다오. 이렇게 차라리 아무것도 못 보게 되니 얼마나 편안한지 모르겠는걸.' 그 애는 이렇게 말했어요. 제가 지금까지 죽으려고 한 것은 열 번도 넘지만 그것도 팔자에 없는지 여태 죽지 못하고 있을 뿐이에요. 저희들이 열여섯 살 났을 때에도, 그러니까 지금으로부터 4년 전이지요. 올해 저희는 스무 살이에요. 하루는 동생이 제 손목을 더듬으며, '언니, 쌍둥이는 한날한시에 시집가야 잘산다는 말 있잖우? 그게 빨간 거짓말이라오.' 이런 말을 했어요. 누가 그러더냐고 저는 동생에게 묻지도 않았어요. 저는 동생이 거짓말을 하고 있는 것임을 묻지 않아도 잘 알고 있었어요. 우리는 어려서부터 쌍둥이는 한날한시에 시집을 가야 잘산다는 말을 무수히 들어왔기 때문에 동생이 왜 그 말을 했는지는 잘 알 수 있었지요. 동생은 자기가 눈이 멀어서 시집을 갈 수 없게 된 것을 알고, 내가 저와 한날한시에 가려고 하다가 혹시 혼기를 놓치지나 않을까 해서 하는 말이었어요. 그때 제가 동생에게 무어라고 대답한 줄 아세요. '유야, 나는 시집가지 않는다.' 이렇게 말했어요. 나의 이 말을 듣고 동생은 어떻게 생각했던지 아무런 대답도 없이 잠자코 눈을 감고만 있었어요. 나는 다시 말했어요. '유야, 내가 너를 두고 시집갈 것 같으니? 나는 너한테 시집온 거나 마찬가지야. 나는 죽을 때까지 너와 함께 있다가 네가 죽으면 나도 죽는다.' 그날 밤 우리는 밤이 새도록 서로 껴안고 울기만 했어요.

그 뒤에 물론 저에게는 혼담이 그칠 새 없었어요. 그때마다 저는 만약 무리로 저를 시집가게 한다면 죽어 버리겠노라고 버티어 왔어요. 저희 오빠(진덕을 가리킴)가 아니었다면 저는 이미 죽어 버렸을 거예요. 다행히도 저희 오빠가 제 심정을 살펴 주시고, 오늘까지 저희를 보호해 주신 거예요.

저는 잠시도 동생이 없는 데서는 누구와도 만나지 않기로 되어 있어요. 그래서 그날도 저는 동생을 저 곁방에 와서 현금을 타게 했던 거예요. 지금도 동생은 저 곁방에서 제 이야기를 다 듣고 있어요. 그렇게 해야만 하도록 되어 있으니까요.

수랑의 이야기를 다 듣고 나자 나는 내 자신도 모르게 긴 한숨을 내쉬었다.

그러나 수랑 자매의 슬픈 운명은 여기서 그치지 않았다. 수랑이 나에게 자기들의 슬픈 과거를 이야기한 지 사흘째 되던 날이다.

진덕으로부터 사환이 와서 급히 좀 와 달라고 하기에 곧 말을 달려갔더니, 수랑 자매가 그날로 모두 자살을 했다고 하지 않는가.

그날 밤 수랑이 나에게 하는 이야기를 유랑이 곁방에서 다 엿듣게 되었다는 것이다. 결국 수랑이 나에게 뜻은 있지만 자기(유랑)와의 정의를 끊지 못하여 혼인할 수 없다는 뜻으로 들었다는 것이다. 이에 유랑은 자기가 죽어 버리면 수랑이 나(고운)와 가연을 맺을 수 있으리라 믿고, 이 뜻을 유서로 남긴 뒤, 스스로 목을 매어 죽었다는 것이다.

그러나 수랑은 언제나 동생이 죽는 날 함께 죽겠다고 언약했을 뿐 아니라 그렇게 결심하고 있었기 때문에 그녀도 동생의 뒤를 따라 역시 목을 매고 말았다는 것이다.

진덕은 나에게 수랑의 유서 한 통을 내주었다. 그녀는 진덕과 나에게 각각 유서 한 통씩을 남겼더라는 것이다.

유서의 내용은 다음과 같았다.

귀랑, 저는 동생을 따라 이 세상을 떠나기로 합니다. 다음 세상에 제가 만약 동생과 쌍둥이로 태어나지 않거나, 제 마음대로 낭군을 모실 수 있게 된다면 저는 기어코 귀랑의 실인이 되고자 신명님께 다짐합니다. 귀랑께서는 부디 수복 공명(壽福功名) 누리소서.

수, 절하고 올림.

수로 부인

수로 부인의 성은 김씨요, 이름은 수로(水路·首路)였습니다. 신라 성덕왕조(聖德王朝)의 견당사(遣唐使)로 다녀온 김지량(金志良)의 따님이었지요.

우리 스님[一然禪寺]이 지으신 『삼국유사(三國遺事)』에는 강릉 태수 순정공(純貞公)의 부인이라 하셨지만 좀 더 자세히 말씀드리면 그분의 재취였지요.

그렇게 천하절색으로 이름난 수로 부인이 왜 하필 재취로 갔느냐고요? 예, 거기에는 여러 가지 이야기가 있습니다. 하기야 수로 부인에 대한 이야기로 말하면 그것뿐이겠습니까. 그분 평생이 이야기로 일관되어 있는걸요.

그러면 소승(小僧, 寶鑑國師 混丘)이 저의 스님(일연 선사)에게서 들은 이야기를 그대로 말씀드리죠.

그런데 수로 부인에 대한 이야기가 왜 그렇게 많으며, 또 왜 그렇게 기이한 이야기를 많이 낳게 되었는지, 그것은 소승도 똑똑히 말씀드릴 수가 없습지요. 아무튼 날 때부터 죽을 때까지 모두 이야기로 되어 있으니까요. 그럼 날 때 이야기부터 시작하기로 하겠습니다.

위에서도 말씀드렸지마는, 수로 부인의 아버지는 견당사 김지량이올시다. 김지량이 늦게까지 자식이 없었지요. 그래 그 부인이 항상 절에 가서 자식을 보도록 해 줍시사고 부처님께 빌었습지요. 그랬더니 하루 저녁에는 관세음보살님이 부인의 꿈에 나타나서 뜸부기같이 생긴 기이한 새 한 마리를 품에 넣어 주시더랍니다. 그날 밤부터 부인에게는 과연 태기가 있었다고 합니다. 그리하여 열 달 뒤에 낳은 아기가 바로 수로랑(水路娘)이었다고 합니다.

수로랑은 나면서부터 여러 가지 이야기를 낳기 시작하였습니다. 어떤 사람은 수로 부인이 나던 날 밤, 김지량의 지붕 위에 무지개가 선 것을 보았다고도 하고, 또 어떤 사람은 수로랑이 나던 날 밤, 김지량의 집 앞에 서 있는 느티나무에는 온갖 새들이 다 모여와 앉아 있었다고도 합니다.

이와 같이 나면서부터 이야기를 퍼뜨리기 시작한 수로랑은 어려서부터 과연 다른 사람보다 뛰어난 점이 많았다고 합니다. 첫째 인물이 특이하게 잘났을 뿐만 아니라, 가무에 대한 재주가 또한 다른 아이들과 같지 않았다고 합니다. 그리고 그녀가 노래를 부르고 춤을 추면 언제든지 집 앞의 느티나무에는 여러 가지 기이한 새들이 모여와 앉았다는 것입니다. 특히 뜸부기같이 생긴 새 한 마리는 그녀가 어디로 가기만 하면 언제나 나타나 그녀의 머리 위에서 함께 날곤 하였다는 것입니다.

수로 부인의 나이 열두 살 났을 때, 그녀의 이름은 이미 온 신라 서울에 모르는 이가 없게 되었습니다. 그만큼 그녀의 미모와 가무는 세상에 뛰어나 있었던 모양입니다.

그리하여 이듬해인 열세 살 나던 해엔 뽑히어 나을 신궁(奈乙神宮)의 신관(神官)이 되었습니다. 상고(上古) 적부터 신라에서는 미모를 특히 우러러보는 풍습이 있었습지요. 그것은 신명(神明, 검님)께서 미녀를 좋아하시고 따라서 미녀의 치성에 잘 응감*하신다고 보았기 때문이올시다. 그래서 그랬는지는 모르지만 우리 수로랑께서 제관(祭官)이 되신 뒤, 태종 대왕(太宗大王)과 문무 대왕(文武大王)의 양대 신위(兩大神位)께서 웃음소리를 내시었다고 합니다. 또한 성덕 대왕 꿈에도 이 양대 신위께옵서 나타나 신관(수로 부인)을 기다리셨다고 합니다. 아무튼 수로랑의 미모와 가무는 온 신라 사람들의 자랑이요, 꽃이었다고 하겠지요.

그러자니까 수로랑이 장차 어느 남자와 친하게 되나 하는 것은

* 응감(應感): 마음에 응하여 느낌.

모든 신라 사람들의 한결같은 관심사가 되지 않을 수 없었습니다. 그러나 그녀는 남자들과 사귀기를 즐겨하지 않는다는 소문이었 습니다.

그렇게 한 해가 지나고 열네 살이 되었습니다. 하루는 신궁에서 늦게 집으로 돌아와 잠이 들었다고 합니다. 그런데 분명히 잠결 속 에서 홀연히 어디서 피리 소리가 들려왔다고 합니다. 그 피리 소리 는 쉬지 않고 그녀의 귓속으로 곧장 스며들었다고 합니다. 그것은 무어라고 형언할 수 없이 아름답고 슬픈 가락이었다고 합니다.

"이것은 내다. 내 목소리다. 내 소리다. 아니 검님의 목소리다. 검님이 부르시는 소리다."

이렇게 그녀는 잠결 속에서 부르짖었다고 합니다. 물론 그것은 느꼈을 뿐이요, 과연 그 소리를 내어 부르짖었던 것은 아니겠지요.

그러나 그녀는 좀처럼 잠을 깨고 일어날 수가 없었다고 합니다. 그 피리 소리에 가위가 눌리듯 되었나 봅니다. 그런 채 그녀는 그 피리 소리에 맞추어 춤을 추노라고 했다는 것입니다. 저절로 춤이 춰졌다는 것입니다. 만약 곁에서 보는 사람이 있었다면, 그때 분명 히 자기는 잠결에서 어깨를 꿈틀거렸을 게라고 말했습니다.

이렇게 한창 그녀가 가위에 눌려 있을 때, 그녀의 어머니가 와 서 그녀를 흔들어 깨웠다고 합니다.

"아가, 왜 자꾸 잠꼬대를 하니? 몹시도 고단하냐?"

어머님은 이렇게 물었습니다.

잠을 깨고 일어난 그녀의 두 눈에는 이상한 광채가 서려 있었습니다.

"어머니, 누가 피리를 불었어요."

"피리라니, 아무도 피리를 분 사람은 없단다."

"아니에요. 줄곧 불었어요. 저는 그 소리 땜에 가위에 눌렸어요. 어머니, 들어보세요. 지금도 들려요, 들려요. 저 보세요. 아까와 꼭 같은 소리예요. 그 소리예요!"

이렇게 말하며 귀를 기울였습니다. 어머님도 딸이 시키는 대로 귀를 기울였던 것입니다. 그러나 어머니의 무딘 귀에는 그 소리가 얼른 들리지 않았던 것입니다.

"얘, 내 귀에는 잘 들리지 않는구나. 무슨 모기 소리만큼 들리는 듯하다가도 안 들리기도 하고……."

"아니에요. 어머니, 잘 들어보세요. 제 귀에는 똑똑히 들려오는 걸요."

이리하여 두 모녀는 또다시 귀를 기울였던 것입니다. 그 결과 어머니 되시는 분도 드디어, "오냐, 들리기는 들린다. 틀림없는 피리 소리기는 하다. 그렇지만 저렇게 멀리서 부는 소리를 어떻게 너는 잠결에서 들었단 말이냐?"

"잠결에서는 더 똑똑히 들렸어요."

"오냐, 그럴 때도 있느니라. 그런 거 너무 마음 쓰지 말고 어서 자거라."

어머니는 이렇게 말하고 큰방으로 건너가셨습니다.

어머니가 큰방으로 가신 뒤, 수로랑은 곧 옷을 갈아입고 밖으로 나갔습니다.

방문을 열었을 때 그녀는 가슴이 짜르르했다고 합니다. 그것은 너무도 달이 밝았기 때문이라고 합니다. 그녀는 보름달을 잊고 잠이 들어 버렸던 자기 자신을 여간 나무라지 않았다고 합니다. 뜰에 내려선 그녀는 피리 소리에 연방 귀를 기울인 채 한참 동안 달을 쳐다보고 있었습니다. 이윽고 피리 소리가 들리는 쪽을 향해 발을 떼어 놓기 시작하였습니다.

피리 소리는 문천(蚊川, 南川) 가에서 들려오는 듯하였습니다. 그래 그녀는 문천가로 나갔습니다. 달은 천 조각 만 조각 부서진 채 문천 여울물에 흐르고 있었습니다.

그것은 달빛이 아니고 어쩌면 피리 소리가 그렇게 산산조각으로 부서져서 흐르고 있는 것인지도 모른다고 느껴졌습니다. 왜 그러냐 하면 곁에서와 같이 똑똑히 들려오는 피리 소리건만 그것을 어디서 누가 부는지 부는 이의 그림자는 찾을 길이 없었던 것입니다.

그렇다고 물 건너 저쪽 어느 풀밭 속에 숨어 앉아서 불고 있는

지도 모른다고 생각하고 다리를 건너가 보았습니다. 그러나 건너편 언덕에서도 피리 부는 사람은 찾아볼 길이 없었습니다. 피리 소리는 좀 더 저만큼 앞쪽에서 들려오고 있었습니다. 그것은 바로 산기슭이었습니다. 수로랑은 마음속으로, '내가 도깨비에 홀린 것이나 아닐까' 하고 자기 자신을 의심하기도 하였습니다. 그러나 그 피리 소리를 듣고는 참을 수가 없었습니다. 도깨비를 만나더라도 하는 수 없다고까지 생각했습니다. 그만큼 그 피리 소리는 그녀에게 어찌할 수 없는 무서운 힘을 가진 것이었나 봅니다.

수로는 피리 소리에 이끌리어 산기슭으로 올라갔습니다. 그것은 법조사(法照寺)로 들어가는 어귀였습니다. 꾸부정한 늙은 소나무가 서 있고, 그 소나무 아래는 널찍한 바위가 하나 놓여 있었습니다. 그리고 그 바위 위에는 나이 한 열일곱 살 되어 보이는 미목*이 수려한 소년 하나가 피리를 잡고 서 있었습니다. 그 소년을 보자 수로는 가슴이 와들와들 떨렸습니다. 무언지 무서운 생각이 들었습니다. 그와 동시에 발이 떼어지지 않음을 느끼었습니다. 돌아서 올 수도 없고 소년의 곁으로 다가갈 수도 없었습니다. 한참 동안 바위 아래 얼어붙은 듯 서서 소년의 얼굴을 쳐다보고 있었다고 합니다. 소년도 처음엔 조금 놀라는 기색이었으나 이내 그녀가 누구인지를 알아보는 눈치였습니다.

*미목(眉目): 얼굴 모습을 이르는 말.

"낭자께서는 나을 신궁의 수로님이 아니신지?"

소년이 먼저 입을 열어 이렇게 물었습니다.

"이 몸의 이름을 어떻게 아시는지?"

"이 몸은 화랑 응신(應信)이오나, 신라 서울 사람으로 수로랑을 모르실 이는 아무도 없을 것을."

"부끄러운 이 몸을……."

"그렇지만 이것은 꿈속이 아닌지."

응신랑(應信郎)은 하늘의 달을 한참 쳐다보고 나더니 다시 고개를 돌리며, "낭자께서는 어떻게 이 밤중에 예까지 오셨는지, 혹시 법조사에 치성이나 가시는 길이온지?" 하고 물었습니다.

수로는 마음속으로 찔끔하였으나, 그러나 그의 앞에 아무것도 감추고 싶지 않았다고 합니다.

"응신랑께서 피리로 이 몸을 불러 주시지는 않았사온지."

수로는 이렇게 말하며 그 달걀처럼 희고 아름다운 얼굴을 들어 응신랑을 똑바로 쳐다보았습니다.

그때 응신랑은 바위 위에 무릎을 꿇으며, "오오, 낭자님, 무엇을 감추오리까. 이 몸은 피리로 낭자님을 불렀사옵니다. 여러 날, 여러 밤을 오직 낭자님의 귀에만 들려줍시사 하고 이 피리를 불러 왔사옵는 것을 오늘 밤에 비로소 이 몸의 소원이 이루어졌소이다."

"놀라우셔라. 이 몸의 이름을 그렇게 여러 날 불러 주셨다니, 그

130

것이 오늘 밤에야 이 몸의 귀에 들렸다니. 잠결이 아니었던들 듣지 못했을 그 소리를."

그러나 수로랑은 웅신랑이 왜 그렇게 여러 날, 여러 밤에 걸쳐 자기를 찾았는지 그에 대해서는 묻지 않았습니다. 그리고 또 물을 겨를도 없었습니다. 그것은 웅신랑이 그때 이미 피리를 불기 시작했기 때문입니다. 그와 동시에 그네들은 피리 소리를 타고 하늘 위로 둥둥 떠오르기 시작하였습니다. 그리하여 끝없이 높이 떠올랐습니다. 아마 삼십삼천(三十三天)의 끝까지 올라갔던 모양입니다. 그 하늘 위의 하늘을 날아다닐 때의 황홀함이야 당자들 외에는 상상할 수도 없는 노릇이겠지요. 어쨌든 가락이 멎고 그들은 도로 반석 위로 내려오게 되었습니다. 그와 동시에 그들은 피차 아무것도 더 물을 것이 없어지고 말았습니다. 왜 그러냐 하면, 그렇게 함께 피리 소리를 타고 하늘로 날아오르기 위해서 그가 그녀를 불렀고, 그녀가 그를 찾아왔다는 것을 그들은 만족하게 생각했기 때문입니다. 따라서 그들은 아무런 약속도 나눌 것이 없었습니다. 아쉬울 때마다 피리 소리로 부를 수 있었기 때문입니다. 만약 피리 소리가 들리지 않는다면 그때에는 이미 만날 필요도 없어진 것이라고 그들은 믿을 수 있었던 것입니다.

여러 스님들께서는 이 웅신랑이 누구신지를 잘 모르실 것입니다. 그것은 그가 이내 이름을 갈아 버렸기 때문입니다. 저희 스님

(일연 선사)의 저서에 월명사(月明師)라고 나오시는 스님이 바로 이 응신랑이올시다. 월명 거사(月明居士)라고도 합지요. 출가하면서 월명이란 이름을 쓰게 되었는데 그의 본명이 응신이라는 것은 그 뒤에 아무도 전한 사람이 없었던 것입니다.

스님의 저서에서 보면 월명 거사는 신라 서울의 사천왕사(四天王寺)에 계셨는데 피리를 어찌나 잘 부시었는지 일찍이 피리를 불며 달 밝은 밤에 절 문 앞에 거니니 달이 가기를 멈추었으며, 그래서 그곳을 월명리(月明里)라 부르게까지 되었다고 합니다(明常居四天王寺 善吹笛 嘗月夜吹 過門前大路 月馭爲之停輪 因明其路曰 月明里). 피리에는 아주 신통을 했던 모양이지요. 물론 피리뿐 아니지요. 시나위〔詞腦·鄕歌〕의 월명은 더욱 유명하지요, 그렇습니다. 저 유명한 시나위「도솔가(兜率歌)」나「제망매가(祭亡妹歌)」의 작자가 바로 이 월명 스님이올시다. 그리고「헌화가(獻花歌)」도 사실은 이 월명 거사가 지으신 것입니다. 그러나 이런 것은 모두 나중 이야기입니다. 더구나「도솔가」나「제망매가」같은 것은 모두 그가 노인이 된 뒤의 작품들입니다. 그가 수로랑과 처음 만날 때에서 헤아린다면 40여 년이나 지난 뒤의 일이 됩니다.

예, 알겠습니다. 그건 그렇다 하고, 하여간 수로랑의 이야기를 다시 계속하겠습니다. 물론입지요. 그 뒤에도 여러 번 만났습지요. 한 달에 꼭 한 번씩 달이 제일 밝은 밤에만 만났다고 합니다.

그것도 위에 말씀드린 바와 같이 구두로 약속을 해서 만나는 것이 아니고 응신랑이 피리를 불면 그 소리를 듣고 수로랑이 찾아가 만났던 것입니다.

만나서 어떻게 했느냐고요? 예, 가만히 들어보세요. 만나서 어떻게 했느냐 하면 언제나 응신랑이 피리를 불고, 수로랑은 그에 맞추어서 춤을 추거나 노래를 불렀습니다. 늘 그것만 되풀이했느냐고요? 네에 그렇습니다. 늘 그것만 되풀이했습니다. 싱겁지 않느냐고요? 천만에 말씀입니다. 그들은 그 이외의 것이 필요 없을 만큼 그것으로써 늘 만족하고 늘 황홀했습니다.

그렇게 이태가 지났습니다. 수로랑이 열여섯 살이 되고 응신랑이 열아홉 살이 되었습니다. 그때 수로랑의 아버지 김지량 공은 수로랑을 당시 대아찬으로 상대등(上大等, 上大臣) 벼슬에 있던 배부(裵賦)의 아들에게 시집을 보내려 하였습니다. 이 말을 듣고 수로랑이 응신랑에게 전했습니다.

"이 몸은 응신랑을 잊을 수 없소이다. 응신랑께서 만약 이 몸을 취하신다면 이 몸은 이 몸의 부모님께 그 뜻을 아뢰어 상대등 댁의 혼담을 막으오리다."

"아니오, 수로랑. 우리는 헤어질 때가 왔소이다. 이 몸이 수로랑을 취하여 내 아내로 삼기보다 이 몸은 항상 멀리서 수로랑을 생각하며 살고 싶다오."

"그럼 평생 홀몸으로 계시려오?"

"그렇소이다. 나는 평생 피리 하나만 가지고 살아가려오. 이 피리 속에는 언제나 수로랑과 달님이 들어 계시니 나는 외롭지 않으리이다."

"그렇다면 이 몸은 슬퍼서 어찌 사오리까. 응신랑!"

"수로랑, 그것은 참아야 하오리다. 우리가 서로 지것들(부부)이 된다면 나의 피리나 낭자의 가무는 다 함께 꽃피기 어려우리다. 차라리 멀리서 그리며 길이 잊지 않느니만 못할 것을."

"응신랑, 그렇다면 이 몸도 그러하리라. 마지막으로 피리를 불어서 이 몸을 돌아가게 해 주사이다."

이와 같이 그들은 마지막 피리와 마지막 노래로 이별을 짓고 말았습니다. 그리하여 그길로 응신은 출가하여 이름을 월명이라고 고치고 말았습니다.

수로랑은 집으로 돌아오자 곧 자리에 눕고 말았습니다. 따라서 혼담은 저절로 중단이 되고 말았습지요. 조금씩 회복이 되려다가도 혼담만 대두되면 병세는 갑자기 악화되었다고 합니다. 그러니까 그 부모님도 나중에는 그녀의 혼담을 아주 단념할 수밖에 없었다고 합니다.

이렇게 수로랑은 앓으며 나으며 하며 3년이란 세월을 흘려보냈습니다. 그러니까 그녀의 나이는 열아홉 살이었지요. 그렇게 앓다 말다 하는 가운데서도 그녀의 아름다움은 조금도 축이 가지 않았습니다. 더욱이 그 무렵엔 병줄도 거의 떨어진 셈이라 그녀의 아름다운 얼굴은 그대로 보름달과 같이 완전무결했다고 합니다.

그런데 하루는 이상한 일이 생겼습니다. 그것은 성덕왕의 족제*가 되는 순정공이 갑자기 와서 그녀에게 혼인을 청한 사실입니다. 그대 순정공은 상처를 하고 독신으로 있었습니다. 그것도 보통 사람들과 같이 중매를 넣어서 은근히 청하는 것이 아니라 당자가 직접 와서 규수의 아버지인 김지량을 만나고, 또 규수인 수로랑을 만나서 담판을 지었다는 것입니다.

그때 순정공이 청혼한 경위와, 담판 지은 내용을 잠깐 말씀드리면 다음과 같습니다.

처음 순정공은 김지량을 찾아가 단도직입적으로 이렇게 말했다고 합니다.

"내 일찍부터 공에게 어여쁜 따님이 있다고는 들었소이다. 그러나 그 이상 다른 아무런 생념도 관심도 없었소. 그런데 이상한 일이 생겼소. 바로 사흘 전이요. 꿈에 죽은 내 아내가 나타나더니 나더러 하는 말이, 빨리 가서 수로랑에게 혼인을 청하라는 것이오. 그래 수로랑이 누구냐고 한즉 바로 공의 따님이라 하지 않소

---

*족제(族弟): 성과 본이 같은 사람들 가운데 유복친 안에 들지 않는 같은 항렬의 아우뻘인 남자.

이까. 그러고는 아내는 사라졌소이다. 꿈에서 깬 뒤, 측근자에게 공의 따님을 물으니까 과연 그 이름이 수로랑이라 했소이다. 그렇지만 사람이 꿈과 귀신을 믿고 함부로 움직일 수가 없어 그냥 있으려니까 연 사흘 달아서 꿈에 보이며 재촉을 하지 않소이까."

"거참 신기한 일이올시다. 그럼 두 번째나 세 번째도 늘 같은 말을 일러 주셨소이까."

"예, 대체로 같은 말이었소. 나중은 아주 꾸짖는 표정이었소이다. 그리고 이녁〔亡妻〕이 저승에 가서 연적부(椽籍簿)를 펼쳐 보니 그렇게 인연이 맺어져 있더라는 것이었소. 그리고 또 덧붙여서 말하기를 반드시 남을 시키지 말고 직접 가서 아가씨(수로랑)를 만나 청하라 하였소이다. 그렇지만 예절이 있는바 어디 그럴 수야 있소이까. 그래서 먼저 공을 만나서 청하는 것이오."

"황송하온 말씀이오."

김지량은 고개를 수그렸습니다. 같은 김씨 가문이라고는 하나 그는 바로 왕의 족제라 지체로 보나 권세로 보나 일개 여색에 대한 탐심으로 없는 일을 꾸며서 말할 처지가 아니라는 것은 김지량 자신 잘 알고 있었습니다.

김지량은 다시 말을 계속했습니다.

"그러하오나 여식이 어려서부터 자못 시나위에 혹하더니 자람에 그로 인하여 병이 된 채 3년을 자리에 누웠으니 이를 어쩌면 좋으리까?"

"지금도 누워 있소이까?"

"지금은 일어나 있소이다."

"그럼 내가 한번 만나 보리다."

"황송하오이다."

김지량은 곧 들어가더니 수로랑을 데리고 나왔습니다. 순정공은 수로랑을 보자 곧 정신이 황홀해져 버렸습니다. 그것은 도저히 화식(火食)을 먹고 땅에 사는 사람 같이 보이지 않았습니다. 그와 동시에 저런 사람 같으면 곁에서 보기만 해도 행복할 것이라고 느껴졌다고 합니다.

김지량은 수로랑에게 순정공의 이야기를 전했습니다. 이야기를 들은 수로랑은 수줍은 듯 고개를 수그린 채, 그러나 맑고 또렷한 목소리로, "검님께서 명하시고, 부모님께서 시키시는 일이라면 좇으오리다" 라고 했습니다.

이리하여 즉석에서 혼담이 성취되었던 것입니다.

순정공은 수로랑을 자기의 부인으로 맞이한 뒤에도 항상 그녀를 어려워하며 모든 것을 삼갔다고 합니다.

그것은 그녀가 너무도 아름답고 너무도 훌륭했기 때문이기도 했겠지만 그보다도 무엇인지 보통 사람과는 같지 않은 것이 너무도 많았기 때문이라 합니다. 첫째 음식부터가 그랬습니다. 그녀는 집 안에서도 항상 제단을 만들어 두고 아침저녁 검님을 배례했다고 합니다. 그리하여 그 제단에 한 번 놓았다 물려 나온 음식 이외에는 아무것도 입에 대지 않았다고 합니다. 그것도 어떻게나 식량이 적은지 아침저녁 꼭 세 숟가락씩밖에는 밥을 뜨지 않았다고 합니다. 하루에 여섯 숟가락을 먹고 어떻게 사느냐고요? 그렇습니다. 그 밖에 먹는 것이 있었습니다. 그것은 여러 가지 과실과 생수였다고 합니다. 생수는 새벽마다 남산에 가서 길어 오게 하고, 그것을 한 사발씩 제단에 놓았다가 마셨다고 합니다. 과실은 무엇이나 다 좋아했는데, 특히 겨울이 되면 홍시와 밤과 배와 석류를 즐겨 했다고 합니다. 그리고 그녀가 사철을 통하여 가장 즐겨 하고, 또한 그녀에게 있어 가장 중요한 식료가 된 것은 은행 열매였다고 합니다. 봄철에는 진달래꽃도 몹시 즐겨 했다고 합니다.

그래서 그런지 수로 부인의 몸에서는 언제나 꽃향기가 났다고 합니다. 이러한 부인을 가리켜서 그 남편인 순정공은 언제나 꽃님이라고 불렀다고 합니다.

"그대는 사람 세상에 태어난 검님의 꽃이요, 향기 높은 꽃님이오."

그러면 수로 부인은 순정공을 가리켜, "그대는 이 몸의 지아비, 검님께서 정하신 이 몸의 지아비."

이렇게 말했다고 합니다.

그들이 혼인을 한 지 1년쯤 지났을 때입니다. 순정공은 갑자기 왕명을 받고 강릉 태수로 부임하게 되었습니다. 수로 부인도 물론 남편을 따라서 동도*하게 되었습니다. 그것은 늦은 봄철이었다고 합니다. 도중에 길을 쉬고 점심을 먹게 되었습니다. 길 동쪽은 동해 바다요, 서쪽으로는 천 길이나 될 듯한 층암절벽이 병풍처럼 둘러 있었다고 합니다. 그런데 그 석벽 맨 위에 진달래꽃이 탐스럽게 피어 있었던 것입니다. 수로 부인은 그 절벽을 가리키며, "누가 이 몸을 위하여 저 꽃을 꺾어다 주시올지?" 하고 좌중을 둘러보았습니다. 그러나 아무도 감히 응낙하는 용사가 없었습니다. 바로 그때 암소 한 마리를 몰고 그곳을 지나던 웬 늙은이 하나가 걸음을 멈추고 서서 수로 부인을 바라보더니, 아무도 부인의 청에 응낙하는 사람이 없는 것을 보자, "그렇다면 이 늙은 몸이 감히 저 꽃을 꺾어다 드리오리다" 하고는 손에 잡고 있던 암소를 놓고 절벽으로 올라갔다 합니다.

사람들은 그 늙은이가 반도 올라가지 못하여 곧 떨어져 죽으리라고 믿고 있었다고 합니다. 그러나 뜻밖에도 늙은이는 수월하게 절벽 끝까지 기어 올라가서 그 탐스러운 진달래꽃을 한 아름 꺾어 안고 내려왔습니다.

*동도(同道): 길을 같이 감.

자줏빛 바윗가에 잡은 손 암소 놓고

날 아니 부끄러이 하시면 꽃을 꺾어 바치오리다

紫布岩乎邊希 執音乎手母牛放敎遣

吾肹不喩慚肹伊賜等 花肹折叱可獻乎理音如

이 유명한 시나위 「헌화가」는 실상 그 노인이 직접 읊은 것이
아니고, 그 뒤에 이 일을 전해 들은 월명 거사가 수로 부인과 그 노
인을 생각하여 지은 노래입지요. 그런데 여기 또 이상한 사건이
벌어지게 되었습니다.

　노인에게서 꽃을 한 아름 받아 안은 수로 부인은 노인에게 다시
청하기를, 노인의 암소에 한 번 태워 줄 수 없느냐고 했습니다. 그
러자 노인은 서슴지 않고 부인을 부축하여 자기의 암소에 올려 태
웠습니다. 꽃을 안고 암소 위에 탄 수로 부인은 그 남편인 순정공
을 돌아다보며, "서방님, 이 몸을 이 암소에 태워 보내 주소서. 이
렇듯 또한 돌아오리다" 하였습니다.

　순정공은 그때 차마 그것을 허락하지는 않았다고 합니다. 그러
나 물론 반대할 수는 없었습니다. 그것은 평소부터 그녀가 항상
신명(神明)에 취해 지냈기 때문에 속견(俗見)으로 그것을 함부로
막으면 이내 파탄이 오고 말리란 것을 잘 알고 있었기 때문이라

합니다. 이와 같이 순정공이 어찌할 줄 모르고 어리벙벙해 있는 동안, 노인은 부인을 태운 채 암소를 몰고 가 버렸다고 합니다.

기록에 청룡이 나와서 부인을 끌고 바다로 들어갔다는 것은 이 때의 일을 그렇게 돌려서 표현한 것이올시다.

부인이 안계(眼界)에서 사라지자 그제야 순정공은 정신이 돌아온 듯 곧 사람을 시켜 부인을 찾게 하였습니다. 그러나 부인은커녕 그 노인도 암소도, 간 곳이 없었습니다. 순정공은 부인이 암소를 타고 떠난 그 자리에 제단을 쌓게 하고 목욕재계한 뒤 산신에게 제사를 올리기로 하였습니다. 그렇게 하루 밤낮을 빌고 났을 때 부인은 먼저와 같이 암소를 타고 노인과 함께 그 자리에 나타나게 되었습니다.

부인이 다시 나타난 것을 보자 순정공은 너무나 기쁘고 반가운 나머지 그동안의 모든 슬픔과 걱정도 순식간에 다 사라지고 말았다고 합니다.

부인을 도로 찾은 순정공은 기쁜 마음으로 임지까지 부임하게 되었습니다. 그리하여 한 해 동안은 지극히 행복하게 지냈습니다. 그러나 신명에 취한 미인을 아내로 삼은 그에게는 또다시 슬픈 일이 닥쳤습니다.

그것은 그가 강릉 태수로 부임한 이듬해 유월이었습니다. 신라 전역에 무서운 가물이 들어서 곡식은 타고 사람은 지친 채 식수에

허덕이게 되었습니다.

여러 스님께서도 잘 아시는 바와 같이 신라에서는 무슨 변괴가 있을 때마다 제사를 지내는 것이 그 독특한 풍습이었습니다. 그래 그때도 기우제를 지내게 되었던 것입니다.

나라에서는 거국적인 기우제를 지내기 위하여 전국에서 제일 가는 도사를 찾게 되었습니다. 그 결과 강릉 용명산(龍鳴山)에 있는 이효 거사(理曉居士)를 모시게 되었습니다.

왕(성덕왕)의 특명을 받고 기우제를 맡게 된 이효 거사는 임천사(林泉寺) 앞의 못가에 제단을 쌓게 한 뒤 왕의 특사에게 청하기를 이번 제사에는 월명 거사의 피리와 수로 부인의 춤이 있어야 신명의 응감을 받을 수 있다고 하였습니다.

이 말을 들은 왕사(王使)는 곧 사람을 시켜서 사천왕사의 월명 거사와 강릉 태수 부인으로 있는 수로 부인을 모셔 오게 하였습니다. 월명 거사와 수로 부인도 이 일이 국왕의 특명이요, 또한 백성의 생사에 관한 것이라 사양하지 않고 임천사로 급히 향해 왔습니다.

제단 좌우에는 청룡·황룡을 흰 비단에 크게 그려서 높은 장대에 달아 세우고, 제단 위에는 소머리와 돼지를 생으로 놓고, 그밖에 여러 가지 떡과 과일과 밥을 가득 차렸습니다.

그리하여 제사는 아흐렛날 자시(子時)에 시작되었습니다. 먼저 이효 거사가 제문을 읽고 절을 한 뒤 용신(龍神)을 부르는 경문을 읽기 시작했습니다. 자시니까 캄캄한 밤중입지요. 월명 거사와 수로 부인은 함께 제단 좌우에 나와 있었으나 두 분이 다 얼굴에 소책(素幘)을 썼기 때문에 서로 바라볼 수는 없었을 것입니다. 처음 경문에 따라 월명 거사께서 피리를 부시고, 나중에 수로 부인께서 춤을 추셨습니다. 그때에 그 피리 소리와 수로 부인의 춤이 어떠했는지는 여러 스님들의 상상에 맡길 수밖에 없습니다.

아무튼 그렇게 반날을 빌었습니다. 즉 자시에서 오시까지입니다. 오시부터 빗방울이 떨어지기 시작했습지요. 물론 그날 아침부터 구름이 오락가락하고 구름 속에 용의 꼬리가 조금씩 보이고 하기는 했다고 합지요.

그러던 것이 오시부터 빗방울이 떨어지기 시작하여 빗줄기는 점점 세어졌다고 합니다. 그리하여 그 비는 열흘 동안이나 계속되었다고 합니다.

제사가 끝난 뒤 이효 거사와 월명 거사, 그리고 수로 부인 세 사람이 자리를 같이했다고 합니다. 그때 이효 거사가 두 분께 말하기를, "월명과 수로가 처음 만난 것도 신명의 인연이요, 둘이 헤어진 것도 또한 신명의 시키심이오. 그때 만약 둘이 헤어지지 않고 한 몸을 이루었던들 오늘의 이 비를 보기는 어려웠을 것이오. 이 비는 이제 우리나라 모든 사람들의 생명수가 되었소. 두 분의 공덕이 얼마나 큰 것인가를 깨달으시오. 한 사람과 한 사람의 만남과 헤어짐이 또는 가물도 되고 또는 비도 되는 것이오. 나는 오늘 두 분에 나리신 신명의 사랑을 빌어 이 비를 얻게 하였거니와 내가 설령 그것을 오늘에 쓰지 않더라도 그 인연은 그대로 남아 선한 풍토를 이룩함에 이바지했을 것이오. 이런 법이 없다면 길 가던 늙은이가 한 부인을 위하여 층암절벽에 올라가 꽃을 꺾어 내려온 그 공덕을 무엇으로 헤아리며, 그때 그 부인을 태워서 나의 암자로 모신 그 암소의 머리가 오늘의 이 비를 빌기 위한 제물로 제단 위에 놓이게 된 인연을 무엇으로 헤아린다 하겠소."

이효 거사는 말을 마치고 두 사람에게 차를 권했습니다. 이효 거사의 강화는 도인 특유의 어려운 말이 많아서 이해하기에 힘듭니다마는, 월명의 피리나 수로의 춤과 노래가 다 신명에서 얻어진 재능이나, 둘이 결합하지 않고 헤어짐으로써 그 재능은 신명의 응감을 불러일으키는 데 주효할 수 있었던바, 그것이 이번에 비를 비는 일에 쓰였다는 뜻인 줄 압니다.

비가 내리는 열흘 동안 월명 거사와 수로 부인은 이효 거사와 더불어 임천사에 머물게 되었습니다. 스님 말씀을 빌면 이효 거사는 여러 가지 신이력을 가진 도인으로, 옛날, 그 해변에서 노인과 암소를 수로 부인에게 보낸 것도 이효 거사의 신이력의 소치였다고 합니다.

전하는 말에 그것은 이효 거사가 월명과 수로의 미진한 회포를 풀어 주기 위한 것이라고도 하고, 또는 수로 부인의 미달한 경계를 깨우쳐 주기 위한 것이라고도 합니다. 어느 쪽인지는 분명히 모르지만 아무튼 이효 거사가 두 분께 이렇게 말한 것은 사실인 듯합니다.

"선남선녀(仙男仙女)에게는 속계와 같은 절제가 없겠으나, 두 분께서 하고자 하는 일은 피리와 춤과 노래밖에 없을 줄 믿으오."

거사가 이렇게 말했을 때 월명은 잠자코 피리를 내어 불었고, 수로 부인은 얼굴을 조금 붉혔다고 합니다.

비가 멎은 뒤 월명은 사천왕사로, 수로 부인은 강릉 태수 순정 공에게로 각각 돌아가고, 이효 거사는 도로 용명산으로 들어갔다고 합니다.

장보고

양자강(楊子江) 가에 양류촌(楊柳村)이라는 마을이 있었다. 나루터[渡頭]를 중심으로 이루어진 조그만 주막촌이었다. 주막촌인 동시에 홍등가이기도 했다. 그래서 큰 도시가 없는 그 부근 일대에서는 '양류촌'이라고 하면 상당히 멋들어진 환락가란 뜻으로 통했다.

이 양류촌을 찾는 손님이라면 대개 양자강 위에 배를 가지고 다니는 선인(船人)이나 상인들이 많았지만, 그다음으로는 거기서 한 20리 밖에 있는 '수병(水兵) 주둔단' 소속의 무인들도 많았다. 그 밖에 나루를 건너다니는 나그네들과 부근 지방의 지주들도 적지 않았다.

이와 같이 각계각층의 손님들이 드나드는 가운데서도 가장 환영받는 고객 두 사람이 있었다. 그들은 다 같이 신라 사람들로서 일찍부터 당나라에 건너와 무관이 된 장보고(張保皐)와 정년(鄭年)이었다. 그들은 처음 서주(徐州)에 와서 군중 소장(軍中小將)이 되어 있다가 약 이태 전부터 이곳 '수병 주둔단'의 아장(亞將) 격으로 와 있었던 것이다.

그들이 이 마을에서 이와 같이 환영을 받게 된 것은 지난해 봄부터의 일이었다. 마침 이 동네를 휩쓸어 온 도둑 떼 20여 명을 그들 두 사람이 깨끗이 물리쳐 버렸던 것이다. 도둑의 괴수는 원치(元齒)라는 이름으로 양자강 일대를 제 맘대로 휩쓸고 다니던 유명한 강적(江賊)의 괴수였던 것이다.

그날 밤 원치는 수하 도둑을 절반이나 잃고 간신히 배를 타고 달아나 버렸다. 지금까지 원치라면 양자강 연안 일대에서 아무도 당하는 사람이 없었던 것이다. 그만큼 그는 용력이나 무예에 뛰어난 도둑이었던 것이다.

원치의 일당을 물리친 뒤부터 그들 두 사람은 이 마을에서 전설적인 영웅이 되어 버렸다. 보는 사람마다 '장 장군님, 정 장군님' 하고 고개를 수그렸다.

특히 원치가 근자에 복수를 하러 오리란 소문이 떠돌면서부터 마을 사람들이 장·정 두 사람을 이곳에 붙잡아 두고자 하고 있었다. 그렇게 해야 언제 원치가 오더라도 물리칠 수 있다고 믿는 모양이었다.

그 결과 마을 사람들은 양류촌에서 제일 어여쁜 아가씨 둘을 뽑
아서 장보고와 정년에게 바치기로 의논이 되었다.

　정년은 그 말을 듣고 기뻐하였으나 장보고는 그것을 거절하고
말았다. 정년이 혼자 아가씨를 보기로 하고 나니 좀 쑥스러웠던
지, "아니, 색시를 거저 주겠다는데도 마다할 게 뭐람?" 하고 장보
고에게 불평 비슷한 말씨로 물었다.

　"나에게는 다른 생각이 있네."

　"무슨 생각이란 말인가?"

　"나는 이 땅에서 내 백골을 묻고 싶지는 않네."

　"음, 그렇지."

　"그러나 돌아갈 때 돌아가더라도 우선 주는 걸 마다할 필요는
없지 않은가."

　"그러나 그 몸에서 자식이나 생기고 하면 어디 그렇게 간단하
게 되는가."

　"자식이 생기면 돌아갈 때 함께 데리고 가도 좋고, 여기 두고
가도 그만이지 어떻단 말인가."

　정년은 장보고가 너무 샌님이 돼서 고지식하다고 빈정대었으
나 그는 끝내 듣지 않았다.

　그런 지 얼마 뒤에 또 정년이 장보고더러, "자네 양류촌에 신라
색시가 온 걸 아는가" 하고 물었다.

장보고 '신라 색시'라는 말에 깜짝 놀라며, "뭐, 신라 색시가 왔다고?" 하고 다잡아 물었다.

"왜 신라 색시라는 말에 그렇게 질겁을 하고 놀라는가?"

"아니, 신라 색시가 어떻게 여기까지 왔단 말인가?"

"그거야 색시 장수들이 알 일이지 우리가 어떻게 아는가."

"그렇기로서니 신라서 여기까지 어떻게 온단 말인가, 더구나 색시라면……."

"아무튼 가 보기나 하세, 가서 물어보면 알겠지."

이리하여 그들 두 사람은 그 신라 색시가 있다는 집으로 찾아갔다.

술상이 들어오고 조금 있으니, 과연 첫눈에 신라 여자로 보이는 젊은 색시가 고개를 소곳하고 들어왔다. 나이는 열여덟, 성명은 최옥(崔玉)이라 하였다. 살빛이 좀 가무잡잡한 편이긴 하였으나 퍽 아름답고 순진하게 생긴 아가씨였다.

"아니, 어떻게 신라 아가씨가 여기까지 오게 되었소?"

장보고가 묻는 말에 최옥은 갑자기 눈물을 뚝뚝 떨어뜨렸다.

장보고도 그것을 보자 무언지 가슴이 뭉클해졌다.

"여기까지 와서 고국 어른을 만나 뵈오리라고는 꿈에도 생각지 못 했지라오."

최옥은 목이 멘 채 이렇게 입을 열었다. 그리하여 그녀가 눈물

150

을 거둔 뒤 그에게 들려준 이야기는 다음과 같았다.

그녀의 고향은 본디 진도(珍島)였는데, 하루는 바다에 나와서 조개를 따고 있노라니까 난데없는 배 한 척이 나타나더니, 일찍이 보지 못한 이상한 사나이 예닐곱이 창과 칼로 위협을 하며 거기 일하는 여자들을 전부 배에 태운 채 바다 가운데로만 달리더라는 것이다. 그때 도둑들의 옷차림이나 말씨로 보아 그들이 당나라 사람들이란 것은 대강 짐작하였으나, 당나라 선인들이 왜 자기들을 그렇게 잡아가는지는 똑똑히 몰랐다는 것이다. 그 뒤 그녀들은 강도(江都, 지금의 강소성 양주)에까지 끌려와서는 가격에 따라 이리저리 팔려서 뿔뿔이 흩어지고 말았다는 것이다.

그러자 장보고는 자기들이 일찍이 서주에 있을 때—그는 거기서 군중 소장이 되었다—진대인(陣大人) 집에 노복으로 팔려 와 있던 박 서방이 생각났다. 그도 신라 사람으로 바다에 고기잡이를 나왔다가 동료들과 함께 당나라까지 해적들에게 끌려와서 노예로 각각이 팔리고 말았다는 것이다. 그때만 해도 그(장보고)는 그것을 지금과 같이 심각하게 생각하지는 않았다. 지극히 예외적인 사건이거니 했던 것이다. 그것이 지금 최옥을 보자, 그때의 박 서방의 일까지 다시 기억에 새로워지는 동시에, 어떻게 해서든지 이 도둑놈들을 잡아 없애지 않고서는 아니 되겠다는 분한 마음을 걷잡을 수 없었다.

　장보고와 정년이 당나라로 들어온 지도 이미 10년이 되었다. 그해 장보고가 서른 살이요, 정년이 스물아홉이었다. 그들은 본디 신라 나라 가마나루〔釜浦〕 사람들로서 어릴 적부터 용력과 무예가 뛰어났을 뿐 아니라, 자맥질에도 특이한 기술을 가지고 있었다. 궁술과 기마에 있어 입신(入神)을 했다고 하는 장보고로서도 자맥질과 헤엄질에 있어서는 정년을 당하지 못했다. 정년이 물속에 한번 잠기면 그가 다시 어느 위치에서 솟아오를지 아무도 대중할 수 없었다고 한다. 그만큼 그는 물속에서 오랫동안 빠른 속도로 먼 거리까지 헤쳐 가는 것이었다. 아무리 깊고 사나운 물결이라도 그는 조금도 저어하는 일이 없이 떴다 잠겼다 하기가 자유자재였다. 창검에 있어서도 그들을 대적할 사람은 아무도 없었다(이것은 나중 당나라에 가서도 마찬가지였다).

　그러나 그 당시 신라에서는 궁술로 인재를 등용하지 않고 학문과 독서로 사람을 뽑게 되어 있었다. 그렇다고 해서 무문(武門)이 전혀 없어진 것은 아니지만, 아무튼 원성왕(元聖王, 제38대 왕) 4년에 '독서삼품과(讀書三品科)'를 정하여 인재의 등용을 궁술 대신 경서로 하게 된 뒤부터 무문은 사실상 퇴폐 일로를 걷게 되었던 것이다. 가뜩이나 삼국 통일을 이룩한 이후로는 그러잖아도 무술이 낮잠을 자고 있는 판인데 사로(仕路)마저 문과로 바뀌게 되니, 그들과 같이 출천지용(出天之勇)과 아울러 청운의 대지(大志)를 타고난 사람들로서는 나라 안에서 뜻을 펼 길이 없었던 것이다. 더구나 그들과 같이 문벌도 별로 뚜렷하지 못한 사람들로서는 그 타고난 힘과 재주가 도리어 짐이 되고 화근이 되었으면 되었지, 그것으로 공명을 세워 볼 길은 열려 있지 않았던 것이다.

하루는 장보고가 정년을 보고, "자, 우리가 아무리 힘과 재주가 좋더라도 이대로 신라에 있다가는 별수 없이 도둑이 되거나, 그렇지 않더라도 부랑자가 되게 마련일세, 차라리 당나라로 건너가 보는 것이 어떤가" 하고 그의 뜻을 물었던 것이다.

정년도 장보고의 그 말을 듣고 크게 기뻐하며 곧 떠나가자고 했던 것이다. 그때 장보고가 스물한 살이요, 정년이 스물이었다.

그들은 당나라로 건너오자, 곧 무과에 응시하여 기마, 궁술, 창검에서 각각 장원이 되었다. 당나라에서는 본래부터 신라 사람들의 무술을 높이 평가하고 있었지만 그들 두 사람의 용력과 무예에는 경탄하지 않는 사람이 없었다. 이리하여 곧 군문(軍門)에 발탁이 되었던 것이다.

그러나 그들은 말이 능통하지 못하고 또 지모가 깊지 못하다 하여 그들의 무용이 아무리 천하에 무쌍이라 하더라도 소장에서 더 높이 승진이 될 것 같지는 않았다. 본래 무지개와 같은 큰 뜻을 품고 당나라로 건너온 그들로서는 밤낮 군중 소장으로 날을 보내기란 여간 따분한 노릇이 아니었다.

"아니, 이거 밤낮 강적이나 지키면서 썩어 가느니보다야 차라리 고국으로 돌아가서 부모처자라도 기르는 편이 낫지 않은가" 하고 장보고는 술이 거나해지면 이렇게 탄식을 하곤 하였다.

그러나 그때 이미 당나라(양류촌)의 색시에게 단단히 맛을 들인 정년은, "우리 같은 놈들이야 고국에 돌아간들 누가 알아나 줄 것이라고?" 하며 별로 고국에 돌아가고 싶어 하지 않았다.

이런 일이 있은 지 얼마 뒤에 돌연히 신라 아가씨 최옥이 양류촌에 나타났던 것이다. 그것은 물론 정년이 양류촌 사람들에게, '당신들이 만약 장 장군을 기어이 이 마을에 붙잡아 두려거든 신라 색시를 하나 구해 오라'고 귀띔을 해주었기 때문이었다. 정년은 장보고가 근자에 와서 곧장 고국으로 돌아가고 싶어 하고 있다는 것을 깨닫고 그가 가 버리면 혼자 남을 것이 싫어서 이렇게 일러 주었던 것이다.

그랬더니 장보고는 과연 정년이 미리 생각했던 바와 같이 신라 색시 최옥을 보자 바짝 열을 올리며, 일시적인 술 색시나 유녀(游女)로서 그녀를 대하지 않고 아주 장가든 아내같이 대하는 것이다. 정년은 혼자 속으로, '중이 고기 맛을 보면 빈대까지 잡아먹는다더니, 본래 고지식한 사람이 색시 맛을 한번 보면 저렇게 죽을 둥 살 둥 모르는 법이야' 하고 슬그머니 마음을 느꾸는* 것이었다.

그러나 장보고를 이 양류촌에 오래 붙잡아 두려고 모처럼 비싸게 사온 신라 색시 최옥이 도리어 그와는 반대의 결과를 가져오게 하였다.

하루는 장보고와 정년이 양류촌 부근에 있는 '양화루(楊花樓)'라는 다락에 올라 술을 나누고 있는데 돌연히 마을 사람이 달려와서 입에 거품을 물며, "크, 큰일났쇠다. 워, 원치가 왔쇠다" 한다.

"아니, 날이 이렇게 환한데 웬 도둑이 벌써 온단 말인가?"

장보고가 묻는 말에, 사나이는, "장군님들이 없는 틈을 탄 거입죠. 첨에 한 놈이 먼저 배에 내려서 마을로 들어온 걸 도둑인 줄 모르고 내버려 두었습죠. 그놈이 정탐을 다 해가서, 마침 두 분 장군님이 안 계신 줄을 알고 원치에게 일러바쳤나 봐요. 큰일 났쇠다. 빨리빨리 나오십쇼" 하고 자꾸 손짓을 한다. 빨리 일어서라는 신호다.

두 사람은 술자리에서 일어났다.

"몇 놈이나 되던가?"

"글쎄, 그놈들이 대낮에 남의 눈을 속이고 슬그머니 덮치려고 여러 놈이 오지 않고 아주 쫑지만 빼어서 예닐곱 놈이 들이닥친 모양이오. 하긴 낮에 장군님들이 안 계실 때가 많으니까 그 짬을 노린 것입죠."

*느꾸는: '늦추는'의 경기도 방언.

사나이는 이렇게 말하며 사뭇 숨을 헐레벌떡인다.

두 사람이 다락에서 내려왔을 때에는 이미 주막거리에 불길이
오르고 있었다.

"저것 보십쇼. 에구, 큰일 났쉬다."

사나이는 연방 손가락질을 하며 그들의 뒤를 따르느라고 죽을
판 살 판 뛰었다.

그들이 말을 달려서 마을로 들어왔을 때엔 도둑들이 이미 선창
가로 물러간 뒤였다. 연기와 불길과 아우성 속에서 주막집 할머니
가 뛰어나오며, "오오, 대장님 큰일 났쉬다, 색시, 신라 색시, 그놈
들이 끌어갔쉬다. 지금 막 선창가로 끌어가고 있쉬다. 저기저
기……" 하고 선창가를 가리킨다.

장보고와 정년은 선창가를 향해 말머리를 돌렸다. 그들이 주막
거리를 빠져나왔을 때 과연 선창가엔 낯선 배 한 척이 대어 있고,
도둑들이 짐과 여자를 끌고 가는 것이 보였다. 그러나 그들이 말
에 채찍을 주어 가며 선창가에 닿았을 때에는 도둑들이 막 여인과
짐을 다 배에 던지고 닻을 올린 뒤였다. 그때 한 걸음 앞에 섰던 장
보고가 먼저 말에서 내려 선창에 달려가 배에 뛰어올랐다. 그러나
그보다 한 걸음 뒤떨어져 오던 정년이 말에서 뛰어내렸을 때에는
배는 이미 머리를 돌려 버린 뒤였다.

"이놈들아, 배를 대어라" 하고, 정년이 높은 소리로 호통을 쳤

으나 도둑들은 들은 체도 않았다.

먼저 배에 오른 장보고는 칼자루에 손을 댄 채, "나는 주둔군 소장이다. 여자와 재물을 돌려라" 하고 한번 위엄을 뽑아 보았다.

그러자 코 밑에 검은 수염을 달고 어깨가 쩍 벌어진, 두목 같이 보이는 놈이 앞에 쑥 나서며, "먼젓번에는 밤이 돼서 네 얼굴을 잘 못 보았다. 그래서 오늘 대낮에 왔다. 나는 진강 장군(鎭江將軍) 원치다. 잘 보았거든 이제 돌아서거라" 하고 입가에 쓴웃음을 지어 보인다.

"배를 선창에 대어라."

"그럴 건 없다. 네가 신라 사람이라 하니 여기 있는 신라 색시만 돌려주마. 어떠냐. 그래도 싫으냐."

도둑의 입가에는 조소인지 고소인지 분간할 수 없는 야릇한 웃음이 떠올랐다.

"……."

장보고의 두 눈에는 불길이 활활 타오르는 듯하였다. 그의 입가에는 경련이 일어나고 있었다. 다음 순간 그의 입에서도, "네 머리도 가져가야 되겠다" 하는 말이 약간 떨려 나왔다.

"그렇다면 재미적은데……."

두목은 이렇게 말하며 좌우를 돌아다보았다. 그와 동시 칼을 빼어 들고 있던 다른 도둑 넷이 한꺼번에 앞으로 발을 내어딛기 시작하였다. 순간 장보고의 칼이 한 번 번쩍 하더니, 어느덧 젊은 도둑의 바른편 손목이 칼과 함께 뱃전에 떨어져 버린다. 두 번째 또 칼이 번쩍 하자 또 한 도둑의 팔이 떨어져 버렸다.

남은 도둑들은 겁을 집어먹은 채 뒤로 비슬비슬 물러서 버렸다.

뒤에 서서 그것을 바라보던 두목 원치는 눈을 찌푸린 채 또 한 번 입가에 야릇한 웃음을 띠어 보인다. 딴은 신기하다는 듯한 표정이다.

"너도 손놀림은 빠르다마는 나한테 걸리기를 잘못했다."

두목은 이렇게 말하며 천천히 동편(銅鞭)을 끄집어낸다. 창과 칼을 다 막을 수 있는 구절 동편(九折銅鞭)이란 흉기다.

일찍이 무예엔 신통했다는 장보고이지만 좀 특이한 무기이니만큼 약간 켕기는 마음이 전혀 들지 않은 것도 아니었다.

"그런 장난질은 그만두고 빨리 배를 갖다 대어라."

"홍, 배를 갖다 대라고?"

두목은 또 먼저와 같이 눈을 찌그덩 하며 야릇한 웃음을 한 번 지어 보이더니 동편을 휘휘 내두르기 시작하였다. 아홉 군데나 마디가 접어지는 특수한 무기가 되어서 칼이나 창을 상대하기보다 여간 힘들지 않았다. 배는 선창에서 점점 멀어져 가기 시작하였다.

선창가에 서 있는 정년이 발을 구르며 소리를 질렀다.

"이놈들아, 이 강적 놈들아, 배를 갖다 대어라."

정년이 이렇게 소리를 지르며 주먹만 한 돌멩이 하나를 주워서 배를 보고 던졌다. 돌멩이는 공교롭게도 두목이 두르는 동편에 맞아서 최옥의 발등 곁에 떨어졌다. 색시가 질겁을 하고 소리도 질렀다.

"들어가, 저 안으로 들어가면 돌도 안 맞고 동편도 피할 수 있어" 하고, 다른 도둑이 최옥의 팔을 잡아끌었다. 최옥은 그쪽으로 끌려 들어가지 않으려고 뱃전을 잡고 늘어진다. 그렇게 두 사람이 후닥닥거리며 실랑이를 하다가 잘못하여 최옥이 그만 강물 위로 풍덩 떨어지고 말았다.

보고 있던 사람들이 모두 '와아' 하고 소리를 질렀다.

이것을 본 정년이 곧 옷을 벗더니 칼자루만 들고 강물로 뛰어들었다.

배에서는 두목의 동편이 점점 더 장보고의 칼을 침범하여 들어오고 있었다. 동편의 끝마디를 막아 내지 못하면 칼은 위험해지는 것이다. 끝마디가 지나서 두 마디째가 칼을 침범하려 하고 있을 즈음 물속으로 헤엄질하여 온 정년이 어느덧 한쪽 손으로 뱃전을 붙잡으며 몸을 솟구쳤다. 그와 동시에 정년의 바른편 손에 들려 있던 칼끝이 어느덧 원치의 정강마루께를 찔렀다. 원치의 다리에는 삽시에 피가 벌겋게 번져 나기 시작했다. 그는 핏발 선 눈으로 정년 쪽을 한번 흘깃 보더니 손에 들었던 동편을 장보고 앞에 던져 버렸다.

"비겁한 놈."

원치는 정년에게 이렇게 욕을 하면서 너희들 맘대로 하라는 듯이 다리를 절뚝거리며 선실로 들어가 버렸다.

"이제 최옥을 찾아봐야지."

정년은 이렇게 말하고는 칼을 장보고에게 맡기고 나서 곧 강물 속으로 뛰어들었다. 그러나 흐르는 강물에 사람이 그냥 있을 리 없었다. 그는 강물을 따라 흘러 내려가며 몇 번이나 물 위로 솟아올랐다 내려갔다 하였다.

정년이 물속으로 들어가고 장보고가 혼자 있는 것을 보자 원치는 어떻게 생각했던지 이번에는 칼을 들고 다시 장보고에게 달려들었다. 한번 적의 발 앞에 던진 무기를 도로 와서 집을 수는 없던 모양이다. 어쨌든 장보고는 그가 다시 동편을 들고 나오지 않은 것만은 다행이라 생각하였다.

"내, 네놈을 살려 보내려 했지만 저놈의 소행이 괘씸해서 그대로 돌려보낼 수가 없구나."

원치가 이렇게 말하자 다짜고짜로 칼을 휘두르며 달려들었다. 칼을 가지고 싸우는 판에는 귀신이 대들어도 겁나지 않는 장보고였다. 칼이 세 번 부딪칠 동안 장보고는 그의 손목이나 팔을 떨어뜨릴 기회가 두 번이나 있었지만 그것을 취하지 않았다. 한번 손목이나 팔을 떨어뜨린 뒤에 다시 목을 치기는 거북했기 때문이었다. 원치의 얼굴과 목과 가슴에는 땀이 비지 같이 흘렀다. 다시 두 번 세 번 부딪쳤을 때 장보고의 칼은 드디어 원치의 목과 어깨를 엇비슷이 베어 내려 버렸다. 펑펑 솟는 붉은 피가 배 안에 홍건해졌다.

장보고는 자기 칼을 칼집에 꽂고 정년의 칼을 한 손에 잡은 채, 팔이 성한 다른 도둑들에게, "너희들 무기를 모두 이리 가져오너라" 하고 명령하였다.

남은 도둑 셋은 묵묵히 자기들의 칼을 가지고 나와서 그의 앞에 꿇어앉았다.

장보고는 그들의 무기를 모두 한쪽에다 모은 뒤 그중 한 놈에게 명령하여 배를 젓게 하였다. 그리하여 정년이 물속에 잠겼다 올라왔다 하는 방향대로 배를 흘리게 하였다.

선창 쪽에는 백여 명 되는 사람들이 모여 이쪽을 가리키며 야단법석이었다. 아마 장보고의 무예와 정년의 자맥질을 찬양하는 모양이었다.

정년은 그 깊은 강물을 마음대로 올라왔다 내려갔다 마치 평지에서 노는 듯하였다.

"무슨 사람이 저럴까."

도둑들도 정년의 자맥질엔 넋이 빠진 듯 멍하니 바라다만 보고 있을 뿐이었다. 바로 그때다.

"아아, 저기, 저 여자가!" 하고 장보고가 손가락질을 했다. 정년이 있는 데서 한 열 걸음 더 아래쪽에 최옥의 몸이 푹 솟아올랐던 것이다. 그러자 정년이 쏜살같이 물결을 차고 내려갔다. 그러나 정년이 미처 닿기 전에 여자의 몸뚱이는 다시 물속으로 푹 들어가 버렸다. 그러자 정년도 곧 물속으로 잠겨 버렸다. 그리하여 한참 있더니 또다시 여자의 몸이 푹 솟아올랐다. 다음 순간 정년의 얼굴이 물 위로 솟았다. 그리고 그의 한쪽 손에는 여인의 머리채가 쥐어져 있었다.

배를 갖다 대자 정년이 한쪽 손으로 뱃전을 잡았다.

"아가씨를 붙잡아."

장보고가 도둑에게 소리쳤다.

도둑이 여인을 붙잡고 있는 동안 정년이 먼저 배에 오르더니 도둑의 손에서 최옥을 받아서 끌어올렸다.

배는 다시 양류촌 선창에 대었다. 군중들은 너무나 감격한 나머지 만세를 불렀다.

장보고는 남은 도둑들에게, "오늘은 특별히 목숨을 붙여서 돌려보내지만 한 번만 더 이 마을에 나타나면 그때는 마지막이다" 하고 엄중히 타일러서 돌려보냈다.

그러나 장보고에게 한 가지 섭섭한 일은 최옥이 그길로 다시 깨어나지 못한 것이다. 그는 동네 사람과 더불어 그녀를 양류촌 뒷산에 묻고는 무덤 앞에 조그만 비석까지 세워 주었다. 비명에는 '신라 여 최옥지묘(新羅女崔玉之墓)'라 하였다.

최옥이 죽은 뒤부터 장보고는 고국을 그리는 마음이 더욱 간절해졌다. 하루는 정년을 보고, "우리가 하늘에서 받은 용력과 무예를 천하에 시험코자 이곳까지 건너왔다. 그러나 우리의 관위는 군중 소장에 머무른 채 기껏해야 도둑 잡기가 직책이다. 이럴 바에야 차라리 고국에 돌아가 해적들로부터 나라 사람이나 지키는 편이 낫지 않을까 생각하네. 자네 생각은 어떤고?" 하고 물었다.

그러나 정년은 역시 돌아가기가 싫은 모양으로, "우리가 신라로 돌아간들 대장을 줄 것인가, 병부령(兵部令)을 줄 것인가. 푸대접받기는 마찬가지라면 차라리 이곳에 눌러 있느니만 같지 못하지 않나. 더구나 이 양류촌에서는 우리를 하늘같이 우러러보고 믿어 주는데……" 하였다.

"이왕 원대로 공명을 세우지 못할 판이라면 뜻있는 일이라도 하는 편이 차라리 낫지 않은가. 같이 왔으니 같이 돌아가는 것이 어떤가? 나와 지네의 형세와 다름없는 우의로 보아서라도……."

"뜻있는 일이라면 여기서 강적을 잡는 것도 뜻있는 일이 아닌가?"

"그렇지만 원치는 우리가 이미 잡지 않았는가. 당분간 이 마을엔 도둑이 붙지 못할 걸세. 그리고 또 타국 해적으로부터 고국 사람을 지킨다는 것은 더욱 장부로서 해 볼 만한 일일세."

"그렇다면 자네가 먼저 떠나게, 나는 여기서 좀 더 대세를 관망하고 있겠네."

정년은 끝내 거절을 했다.

장보고는 하는 수 없이 정년을 남겨 두고 혼자 신라로 돌아오게 되었다. 그것은 신라 흥덕왕(興德王, 제42대 왕) 2년 4월이었다. 그는 바로 조정으로 들어가 그가 당나라에서 겪은 일을 모조리 이야기하고, 특히 서주에서 본 신라 사람 박 서방과 양류촌에서 만난 최옥에 대하여 자세히 아뢴 뒤, "제가 우연히 만난 사람이 둘뿐이지, 이 밖에도 얼마나 많은 양민들이 해적들에 의하여 남의 나라 노비로 끌려가고 있는지 이로 다 헤아릴 수 없나이다. 아뢰옵기는 저에게 병졸 천 명만 주신다면 앞으로는 기필코 이런 일이 없도록 하겠나이다" 하였다. 그의 보고를 들은 왕과 신하들은 하나도 감동하지 않는 이가 없었다.

시중(侍中) 김우징(金祐徵)이, "장 소장(張小將)의 의견이 타당한 줄 아나이다" 하고 입을 떼자 다른 신하들은 모두 이에 찬동하였다.

이에 왕은 그의 소청을 들어 그에게 병졸 일천을 주어 청해(靑

海, 지금의 완도)를 진수케 하였다. 그리하여 그가 한번 청해진 대사(靑海鎭大使)로 임명된 뒤부터는 신라 근해에 해적이 출몰치 못하게 되었다.

석탈해

나이 들수록 다시금 고향이 그리워진다. 옛날부터 잊지 못할 고향 산천이란 말이 있지만, 나이 육십 줄에 들고 기억력마저 희미해진 오늘에 와서도, 내 고향 경주의 산과 내와 들과 수풀과 그리고 여기저기 흩어져 있는 고적들이 지금도 눈에 선하다. 생각 같아서는 한 달에 한 번씩은 내려가고 싶다.

그리하여 며칠이고 푹 쉬며 어릴 때 찾아다니던 남산(南山, 金鰲山)이고 반월성 같은 데를 샅샅이 살펴보고 싶다.

그러나 이것은 생각뿐이다. 한 달에 한 번은커녕 한 해에 한 번, 아니 3년에 한 번도 어려울 지경이다.

이것은 내가 3년 전 경주에 갔을 때의 이야기다.

늦은 봄날이었다. 살구꽃 복숭아꽃들도 다 지고 들에는 보리가 퍼렇게 자라나고 있었다. 나는 지팡이를 천천히 내두르며 반월성으로 발길을 옮겼다. 계림(鷄林), 첨성대(瞻星臺), 안압지(雁鴨池)가 다 그 부근에 있지만 나는 언제나 반월성까지 가서야 안심이 된다. 반월성에 무어 그리 두드러진 고적이 있기 때문이 아니다. 석빙고(石氷庫)가 거기 있지만 그것이 첨성대나 안압지보다 더 신기할 까닭은 조금도 없다.

그러면서도 내 마음은 언제나 반월성으로 끌리니 이는 어찌 된 노릇일까. 이유는 물론 나도 모른다. 덮어놓고 반월성의 흙과 돌이 전부 천 년 전의 비밀을 품고 있는 듯이만 느껴지는 것이다.

그날도 나는 술집 계집애에게 막걸리 병 하나를 들린 채 반월성을 타고 있었던 것이다. 그리하여 남천(南川, 蚊川) 상류 쪽의 효불효교(孝不孝橋)가 바라보이는 위치에 자리를 잡고 앉았다. 자리래야 그냥 돌 위에 앉은 것뿐이지만.

"이거를 깔아 드릴까요?"

계집애가 목에 걸치고 있던 얇은 보자기 같은 것을 끌러 보이며 나에게 물었지만 나는 그것을 사양했다.

"아니야, 괜찮다. 수건은 나한테도 있는걸. 그 대신 술이나 한잔 따라다오."

계집애는 내 얼굴을 말끔히 바라보더니 준비해 온 하얀 사기잔에 뿌연 막걸리를 따라 주었다. 그러고는 종이에 싸가지고 온 마른안주도 내어놓았다.

내가 두 잔째 막걸리를 비우고 났을 때다. 저쪽 석빙고 쪽에서 봉두난발*에 흰 두루마기를 받쳐 입은 나이 한 사십 남짓 되어 뵈는, 두 눈에 핏대가 선 야릇한 사나이가 나를 쏘아보며 이쪽으로 다가오고 있었다. 그는 나에게 싸움이라도 걸려는 사람처럼 험악한 표정으로 씨근씨근하며 걸어오는 것이다.

나도 잔을 놓고 그를 마주 바라보고 있었다.

그는 바로 내 곁에까지 오더니 나와 술병과 계집애를 한참 동안 물끄러미 내려보다가 말없이 그 곁에 털썩 주저앉아 버렸다.

나는 맘속으로 이상한 사람이라 생각하며 담배를 한 개 피워 물었다. 그러자 흰 두루마기의 사내는 풀 위에 덜렁 드러눕더니 풀을 하나 뽑아 입에 물고 하늘을 멍하니 바라보았다.

나는 그가 결코 불량한 사람은 아니라 생각하고, "이거 초면에 안됐습니다마는 막걸리 하실 수 있으면 한잔 같이 드시지요."

이렇게 말을 건네 보았다.

그러자 그는 자리에서 벌떡 일어나더니, "아, 이거 초면에 실례가 많습니다" 하고 잔을 받더니 그것을 도로 자기 앞에 놓으며, "이 사람은 박성(朴誠)이라 합니다. 집이 바로 요 아래에 있기 때문에……" 했다.

"본 고향이 경주신가요?"

*봉두난발(蓬頭亂髮): 머리털이 쑥대강이 같이 허수룩하게 마구 흐트러짐.

내 이 물음에 그는 힘이나 얻은 듯, "그렇습니다. 똑똑히는 모르지만 한 2천 년 여기서 살아왔지요."

끔찍한 대답을 했다.

"2천 년이라고요?"

내가 좀 놀란 듯 묻자, 그는 곧, "신라 천 년, 고려, 이조 천 년해서 약 2천 년 아닙니까? 우린 육촌 때부터 이 고장에 살았으니까요."

자랑스럽게 대답을 한다.

나는 혼자 속으로 육촌 때부터 살았다는 증거가 어딨느냐고 묻고 싶었지만 잠자코 있었다.

그는 다시 말을 계속했다.

"그러니까 본래 여기가 우리 집 터지요."

그는 손가락으로 반월성 안을 가리키며 혼잣말같이 중얼거렸다.

"이 반월성이?"

"그렇지요, 『사기』에 나오는 표 공(瓢公)이 바로 우리 조상 아닙니까?"

그는 바로 어저께 일같이 태연한 어조였다.

"『삼국사기』 말입니까?"

"그렇습니다. 나도 본래 사학 공부를 했습니다. 그러다가 사학이 너무 따분해서 소설 공부를 했지요…… 그것도 따분해서 집어

치우고 말았지만…… 하여간 그 새뚝인가 하는 양반이 힘도 장사지만 꾀도 많았던 모양이죠, 표 공이 그만 그 꾀에 넘어가서 이곳을 내주지 않았습니까?"

"아니, 새뚝이라니요?"

"저 석탈해 말입니다. 이병도 박사라고 사학자가 있지요? 그분이 쓴 글에 보니 석탈해는 본래 새뚝에서 온 말이라고 했더군요."

그는 말을 할수록 점점 더 힘이 나는지 두 눈에 차츰 광채가 떠돌기 시작했다. 그와 동시, 나는 그의 학식이나 지성이 어느 정도일까 하는 호기심도 떠올랐다.

"그래 그 새뚝이라는 이가 저 어느 섬에서 흘러왔다는 그분입니까?"

"흥!"

그는 대답 대신 코웃음을 쳤다. 그러고는 조용히 입을 떼기 시작했다. 그의 이야기를 간추려 보면 다음과 같다.

시조묘(始祖墓, 朴赫居世廟宇)의 창건 공사도 이태를 끌고 나니 이제 어려운 고비는 다 넘긴 셈이었다. 어저께는 들보를 올리고 오늘은 도감(都監)이 석수와 목공과 미장이들을 위하여 그동안의 노고를 풀기 위한 조그만 잔치를 베풀게 되었다. 석수 모가

비와 목공 두목이 각각 좌우에 올라서고 도감 새뚝〔昔脫解〕이 오색찬란한 예복을 입고 그 한가운데서 들보 머리에 손을 얹고 있었다. 석수 모가비와 목공 두목이 목청을 돋우어 노래를 부르자 그 아래 모여 있던 수백 명의 석수, 목공, 미장이들이 한꺼번에 일어나 춤을 추기 시작했다.

한배님 한배님
밝안 한배님
밝안 따 밝안 사람
한배님 해 달 우러러이다.

한배님 한배님
밝안 한배님
밝안 따 밝안 사람
한배님 지켜 주심이니다.

그들은 모두 흥겹게 춤추며 노래 불렀다.

새뚝이 손을 들자 무리들은 춤과 노래를 멈추었다. 석수 모가비와 목공 두목이 좌우에서 각각 술잔을 새뚝에게 바쳤다. 새뚝이 술을 받아 들고 마시는 동안 무리들은 또 먼저와 같이 노래 부르며 춤을 추기 시작했다. 이번에는 먼저보다도 한층 더 열광적인 목소리로 노래를 부르며 춤을 추었다.

새뚝이 술 마시기를 마치자 이번에는 석수 모가비와 목공 두목이 각각 손을 들었다. 그와 동시 무리들의 입에서는 '와아' 하는 환성이 터져 나왔다.

"이제는 술이다!"

그들은 이렇게 외쳤다.

이때 그들의 앞에 술동이가 운반되어 나왔다.

"술이다!"

"술이다!"

그들은 이렇게 소리치며 모두 술동이를 에워싸고 모여들었다.

이리하여 술과 춤과 노래는 그칠 줄 모르고 흘러내렸다.

새뚝은 잔치가 아직 한창 흥겹게 벌어져 있는 것을 보고 그 자리를 빠져나왔다. 석수 모가비와 목공 두목에게는 궁중에 들어가 오늘의 일을 나라님께 아뢰어야 한다고 말했으나 그것은 거의 상투적으로 두고 쓰는 거짓 핑계에 지나지 않았다. 실상은 아효 공주(阿孝公主)를 만나기 위함이었다.

아효 공주는 남해 차차웅(南海次次雄)의 맏따님으로서 그해 열다섯 살 난 신비한 아가씨였다. 그가 그녀를 처음 본 것은 작년 시월이니까, 그때는 그녀의 나이 겨우 열네 살밖에 되지 않은 어린 처녀였었는데, 그럼에도 불구하고 그 어린 처녀가 어째서 그의 마음을 그렇게 단번에 사로잡아 버렸는지 스스로 생각해도 기이한 일만 같았다.

그는 지난 1년 동안 이 어린 공주로 인하여 자기 자신의 향배를 몇 번이나 고쳐 생각했는지 모른다. 게다가 근자에 와서는 또 새로운 근심까지 덧붙여졌다. 대보(大輔) 흰찬(白粲)의 아들과 혼담이 있는 눈치니 잘못하다가는 자기는 헛물만 켜고 말는지 모른다는 생각이었다. 아주 속 시원히 부딪쳐 보고 여의치 않으면 차라리 아주 끝장을 내고 말았으면 싶었다.

아효 공주는 여느 때나 마찬가지로 신단에 혼자 나와 검님께 배례를 드리고 있었다.

그는 그녀가 배례를 마칠 때까지 신단 곁에 서 있었다.

배례를 마치고 난 공주는 그의 곁으로 다가왔다.

"새뚝님 잘 오셨어요. 이 몸은 새뚝님을 생각하고 여간 괴로워하지 않았사와요."

"공주님, 오늘은 분명히 말씀해 주십시오. 공주님께 관한 혼담이 진행되고 있다는데……."

"새뚝님, 이 몸의 나이는 아직 열다섯 살이에요. 그리고 이 몸이 서라벌 안에서 가장 좋게 생각하는 분은 새뚝님인 것을."

"그러나 그것은 공주님의 생각이실 뿐 부모님께서야 딴판이실 터인데."

"아니에요. 부왕께서 새뚝님을 항상 칭찬하고 계셨사와요. 어머님께서도 새뚝님이 서라벌의 으뜸가는 영걸이라 그러셨사와요."

"그러시면서 혼담은 딴 데로 돌리신다니 어떻게 믿을 수 있겠습니까? 공주님께서 정말 이 몸을 생각하신다면 지금이라도 이 몸을 따라 서라벌을 떠나실 준비를 하십시오."

"아니에요, 새뚝님. 그것은 너무 일러요. 이 몸의 부모님은 반드시 이 몸의 마음을 아실 거예요. 만약 부모님께서 이 몸의 마음을 몰라주시면…… 아아, 그러나 그런 일은 있을 수 없을 거예요."

이때 밖에서 사람 소리가 들려왔다.

새뚝은 곧 뒷문으로 빠져나왔다.

새뚝이 궁중에서 나와 자기의 집이 있는 '달언덕〔月丘〕'으로 돌아오는 길이었다. 하늘엔 별들이 하나 가득 뿌려져 있었다. '새 숲〔始林〕' 앞을 지나오려니까 숲속에 숨어 있었던 듯한 장사 한 사람이 길가에 나와 엎드리며, "새뚝 도감님" 하고 불렀다.

"누구냐?"

"저는 돌장이〔石工〕 우섬〔笑島〕이라고 합니다."

"웬일이냐?"

"조용히 여쭐 말씀이 있삽기에."

"일어나서 걸어라."

새뚝은 장정을 데리고 자기 집으로 갔다.

그는 본래 무용으로나 담력으로나 세상에 꿀릴 데가 없었기 때문에 언제 어디서 어떠한 장사가 무슨 일로 자기를 찾든지 그와 부딪쳐서 자기에게 불리한 결과를 가져올 수 없다고 믿고 있었다.

집으로 돌아온 새뚝은 조용한 방에 불을 밝히게 하고 사내를 인도하여 들였다. 불빛에 비친 장정의 모습은 새뚝이 그동안 맘속으로 쓸 만한 장정이라고 눈여겨보아 오던 바로 그 돌장이였다. 기골이 장대한 데 비하여 얼굴에 어딘지 귀인 티가 있는 젊은이였다.

"무슨 이야기냐?"

"다름이 아니오라……."

장정의 목소리는 몹시 엄숙해졌다.

그와 동시 새뚝도 이것은 무슨 중대한 이야기인가 보다 하는 생각이 들었다.

장정은 말을 계속했다.

"저는 가야 나라 사람이올시다."

그의 목소리는 떨렸다.

그와 동시 새뚝도 무언지 가슴이 철렁했다.

"그래서?"

"더 자세히 말씀드리면 가야 땅 활아비〔弓夫〕로 가야 왕의 밀지를 받들고 새뚝님을 찾아뵈온 것입니다."

"밀지라고?"

"예에."

"……."

"다름이 아니오라 새뚝님께서 언약을 주신다면 가야가 군사를 일으켜 서라벌을 치려 합니다."

"무어? 서라벌을 치겠다고?"

"예에."

"……어떤 언약을?"

"저어, 하오나 새뚝님께서 함께 서라벌을 치시겠다는 언약입니다."

장정은 손으로 이마의 땀을 씻어 가며 이야기의 골자를 털어놓았다. 새뚝의 새까만 눈썹이 빳빳이 솟아올랐다.

"그것을 어째서 나에게 통하느냐?"

그의 커다란 두 눈에는 푸른 광채가 서린 듯했다.

"그것은 의선 부인(義先夫人)께 물으시라는 분부였사옵니다."

새뚝은 분노의 불길이 이글이글 타오르는 듯한 무서운 눈으로 장정을 한참 동안 노려보고 있었다.

장정은 두 손을 방바닥에 짚은 채 겁에 질린 듯한 두 눈으로 새뚝을 가만히 쳐다보고 있었다.

새뚝이 다시 입을 열었다.

"그것을 왜 지금 말하느냐?"

"이제 준공도 가까워 왔삽기에……."

"준공을 기다린 까닭은?"

"새뚝님의 뜻을 정하시기에 맞는 때라고 믿는 까닭입니다."

그래서 그는 이 기회를 엿보느라 지금까지 서라벌의 석공들 틈에 끼여 돌장이 일을 하고 있었다는 것이다.

"서라벌 돌장이들이 아무도 너를 눈치 채지 못했단 말이냐?"

"조금도 눈치 채지 못한 줄 아옵니다."

"거짓말! 나는 이미 너를 알고 있었는데……."

새뚝은 무언지 까닭 모를 울분을 누르지 못하여 이렇게 그를 윽박질러 주었다. 그러고는 그의 대답을 기다릴 사이도 없이, "일어나라" 했다.

그는 집 뒤의 토굴 속에 장정을 밀어 넣고 돌문을 굳게 잠가 버렸다.

가야 나라의 밀사 우섬이 말한 의선 부인이란 곧 새뚝의 늙은 어머니를 가리키는 말이다. 의선 부인이 그에게 그의 출생에 대한 비밀을 알려 준 것은 그의 나이 열다섯 살 때의 일이었다.

여느 때와 마찬가지로 새뚝이 바다에서 고기를 잡아 오는데, 집에 웬 낯선 사람(남자)이 하나 와 있었다. 어머니는 곧 그를 가리켜 그의 외삼촌뻘이 되는 사람이라 하였다. 그러나 그 사람이 그를 대하는 태도엔 어딘지 어색하고 수상쩍은 데가 있었고, 또 지금까지 그의 어머니가 한 번도 외삼촌이 있다는 말을 들려주지 않았는데 갑자기 외삼촌이 나타났다는 데도 이상한 점이 있어, 그가 떠난 뒤 다시 한 번 캐물었던 결과 그야말로 청천벽력과 같은 이야기를 듣게 되었다.

그때 그의 어머니가 들려준 이야기는 대개 다음과 같았다.

너는 본래 가야 나라(伽倻國, 駕洛國, 金官國) 사람이다. 바로 김수로 왕의 누이동생의 아들이니까, 따지고 보면 김수로 왕의 생질이니라.

그러나 너는 나자마자 낙동강 하구에, 그러니까 낙동강 물이 바다로 흘러 들어가는 바로 그 곁에 버려져 있었느니라. 그것은 김수로 왕의 누이동생이던 월아 부인(月娥夫人)이 아직 남편을 정하기 전에 너를 낳았기 때문이니라. 그가 누구였느냐고? 그렇다. 그는 드러낼 수 없는 사람이었다.

이와 같이 네가 세상에 나자마자 이내 버림을 받았던 것은 사실이니라. 그러나 월아 부인이 너를 그냥 버린 것은 아니니라. 한 됫

박의 눈물과, 또 그만큼 되는 황금을 보자기에 싸서 너와 함께 궤에 넣어서 버렸느니라. 뿐만 아니라 부인께서는 누가 너를 업어 가는가, 시녀를 시켜서 갈대숲에 숨어 그것을 보살피게 했었느니라.

나는 본래 가난한 홀어미로, 바닷가에 나와 조개를 줍는 것이 내 생업이었더니라. 그날도 나는 여느 때나 마찬가지로 조개를 캐러 바닷가로 나갔었는데 참으로 우연히, 놀람과 두려움과 함께 너를 발견하게 되었느니라. 너와 내 인연은 그때부터 맺어진 것이니라. 이때 갈대숲 속에 숨어 있던 시녀는 몰래 내 뒤를 밟아 와서 내 집이 있는 곳까지를 보아 두고 궁중으로 돌아가 부인께 그것을 아뢰었던 것이니라.

월아 부인께서는 아기가 죽음을 면하게 된 것을 다행으로 생각했으나, 한편 뒷일이 켕기었으니 멀지 않은 거리에서 곧 소문이 퍼지면 어쩌나 했음이니라. 그때 나는 남편이 죽은 일곱 달 만의 유복 아이를 낳아 기르다가 두 달 되어 잃고 아직 젖이 그대로 나고 있었기 때문에 젖 걱정은 없었지만, 제 아이를 갖다 묻은 지 며칠 안 되어 다른 애를 기른다고 하면 이웃 사람들이 아무래도 눈치를 채고 와서, 이것이 웬 아이냐고 물을 것이요, 그렇게 되면 자연히 소문도 퍼뜨려지지 않을 수 없는 형편이었더니라. 그런데 그것이 만약 나라님이나 월아 부인의 약혼자 귀에 들어가면 큰 야단이 나는 판이었더니라(이것은 모두 시녀가 나를 찾아와서 들려준 이야기니라).

나는 부득이 집을 옮겨야 했으니, 그것은 네가 난 지 달포 남짓 했을 때이니라. 나는 너를 업고 동쪽으로 동쪽으로 곧장 걸어가 닿은 곳이 '구름개〔雲浦〕'라는 곳이었느니라.

그러나 거기서 한 반년 지났을 때 월아 부인의 시녀가 찾아왔느니라. 너무 가까워서 이내 소문이 퍼지고 하니, 아주 가야 땅을 떠나서 서라벌로 가 살라는 것이니라.

나는 또다시 너를 업고 뱃사공을 찾아가 거기서 배를 타고 아주 서라벌로 옮겨 오게 되었느니라. 처음 우리가 닿은 곳은 '아들개〔阿珍浦〕'라고도 하고 '해맞잇개〔日浦〕'라고도 하던 곳인데, 여기서 나는 가지고 온 황금을 조금씩 팔아서 편안히 살 수 있었느니라.

너는 어려서부터 보통 아이들과는 달리 뛰어난 데가 많았으니 얼마나 힘이 세고, 꾀가 많던지 꼭 가야 나라 김수로왕과 방불한다고 나는 혼자 속으로 믿었거니와 키가 뛰어나게 큰 것조차 흡사했느니라. 하기야 월아 부인께서도 꼭 너와 같이 인물이 출중하고 키가 훤칠하시다고 들었었지만……

이 이야기를 들은 새뚝은 주먹으로 눈물을 훔치며 마구 흐느껴 울었다.

"저는 어떻게 하면 좋아요. 가야로 돌아가야 합니까, 아주 서라벌 사람이 되어서 명색 없이 묻혀 살아야 합니까."

"글쎄다. 어저께 다녀간 사람이 바로 가야에서 온 사람이니라. 네 외삼촌이라고 한 것은 내가 우선 둘러댄 말이요, 실상은 월아 부인의 유모의 아들이라 하더라."

"그이는 머랍디까."

"그이 말이 네가 가야를 위하여 크게 공을 세울 수 있을 때 가야 에서도 너를 맞아들일 수 있을 게라고, 이것은 월아 부인의 생각 이라고 한 뒤, 그 사람이 절하고 가더라."

"가야를 위하여 어떻게 공을 세웁니까."

"가야에서 서라벌을 칠 모양이더라. 그때 네가 서라벌을 함께 치든지 하라는 뜻이겠지."

"어머니, 저는 가야로 돌아가고 싶어요."

"오냐, 그런 줄 알겠다. 그렇지만 가야는 너에게 좋지 않았느니 라. 네가 가야로 돌아가려면 가야 나라 임금님을 물리칠 만한 힘이 있어야 한다. 우선 너는 여기서 그만한 힘을 길러야 하느니라."

의선 부인의 이 말은 새뜩에게 무언지 끝없이 깊은 의미를 풍겨 주는 듯하였다. 가야는 자기 어머니의 나라다. 그런데도 왜 가야 로 돌아가려면 그렇게 큰 힘이 있어야 하는가.

가야 왕을 물리친다는 것은 무슨 뜻인가. 그러나 이것을 어머니 에게 다시 물을 수는 없었다.

어쩐지 그 말은 그대로 가슴속에 새겨 두어야 할 것만 같았기 때문이었다. 그리고 무엇보다도 우선 서라벌에서 힘을 길러야 한다는 그 말이 무슨 하늘에서 일러 주는 거룩한 가르침 같기만 했던 것이다.

'그렇다. 힘을 기르자, 가야 왕을 물리칠 만한 힘을. 서라벌 왕이라도 물리칠 만한 힘을⋯⋯.'

그때 그는 가야와 서라벌 어느 쪽이 더 센가를 알 수는 없었다. 다만 왕을 물리칠 만한 힘을 길러야 한다는 생각뿐이었다.

새뚝이 서라벌 서울로 들어와 살게 된 것은 그의 나이 열일곱 살 나던 때부터이다. 그는 처음 약 십여 명의 무리들을 거느리고 다니며 남의 집을 맡아서 짓기도 하고 제방을 맡아 쌓기도 하고, 못 파는 일을 떼어 맡기도 하였다.

그러나 그는 이러한 흙과 돌과 나무를 만지는 일에만 만족하지 않았다. 그가 좀 더 무리들의 존경과 신임을 받게 된 것은 사냥을 나갔을 때였다. 그들은 공사가 없거나, 또는 공사가 있어도 그다지 급하지 않을 때는 종종 사냥을 나갔다. 사냥을 나가서 활을 쏘고, 창을 쓰고, 그 험한 산골짜기를 타고 달리는 것을 볼 때 그는 도저히 보통 사람으로서는 견주어 볼 수 없는 이상한 인간이었다. 늑대나 산돼지 같은 것은 그에게 들키기만 하면 창에 목이 꿰인 채 나동그라지게 마련이었다.

호랑이나 곰을 보고도 그는 물러서는 법이 없었다. 한번은 두 아름이나 되는 바위를 들어 곰의 머리를 바수어 놓은 적도 있었다. 호랑이의 떡 벌린 아가리 속에다 그대로 창을 콱 박아 놓은 일도 두 번이나 있었다.

그러나 새뚝의 장한 점은 이렇게 용력이 뛰어난 데만 있지 않았다. 그는 사냥에서 얻은 짐승이나 공사에서 얻은 양식을 결코 자기 것으로 삼지 않았다. 나눌 것은 공평하게 나눠 가지고, 그렇지 않은 것은 공동으로 쓰게 하였다.

여기다 그는 또한 꾀도 여간 아니었다. 그때까지 그들은 새 숲 속에 근거를 두고 지내면서 집터를 살피고 있었던 것이다. 처음엔 수풀을 치우고 거기다 집을 지으려 했으나, 그 울창한 수풀을 치우기도 힘든 일이요, 게다가 집터로서는 좀 더 푹 싸인 맛이 없어서 주저하고 있었던 것이다.

그가 처음부터 잔뜩 눈독을 들인 곳은 '달언덕〔月丘, 월성〕'이 된 곳이었지만 거기엔 이미 왕실과 한 집안인 박씨(朴氏, 瓢公)네가 두 집이나 살고 있었기 때문에 여간해서는 집적거려 볼 수도 없는 형편이었다.

이러한 처지에서 새뚝이 꾀를 내어 초하루, 보름마다 달언덕 건너편 산 위에서, 여우(사냥에서 사로잡아 온)를 울게 하였다. 그와 동시에 집 뒤 언덕(달언덕) 위에서는 한밤중이나 되어 사람 소리인지 귀신 소린지 분간할 수 없는 고약한 울음소리를 내게 하였다

(그것은 여자 하나와 남자 하나가 입에다 나무껍질을 물고, 보자기를 덮어쓰고 내는 소리였다).

그 당시 서라벌에서는 집 앞에 여우가 와서 울면 재앙이 있을 조짐이라 하여 여간 꺼려하지 않았던 것이다. 게다가 집 뒤 언덕배기에서는 귀곡성까지 들리니 앞으로 달언덕에 큰 재앙이 내릴 전조라고 사람들을 시켜 쑥덕거리게 했던 것이다.

박씨네들은 과연 그 소리를 듣자 금성(金城, 당시의 궁성이 있던 곳) 근처로 집을 옮겨 가 버렸다.

그러나 새뚝은 이내 그 자리에 들어가지 않고 한 1년 동안이나 그대로 비워 두게 하였다. 그렇게 한 해 가까이 지난 뒤, 달언덕에 여우와 귀신이 와서 운 것은 뒤 언덕이 얕고 앞의 개울이 잘못 나서 그러니 이것만 고쳐 놓으면 사람이 들어 살아도 큰 화를 당하지 않을 것이라 하고 무리들을 데리고 가서 뒤 언덕을 높이고, 앞 개울을 따로 돌려놓았다. 그러고는 박씨 집 어른인 표 공을 찾아가 이제는 달언덕에 들어가 살아도 재앙이 없을 터이니 걱정 말고 도로 들어가는 것이 어떠냐고 하였다. 표 공은 웃으며 자기는 이미 집을 옮겨 왔으니 '새뚝께서 생각이 있으면 염려 말고 들어가 살라'고 점잖게 양보를 했던 것이다.

이렇게 하여 달언덕을 손에 넣은 새뚝은 그 자리에다 새로이 집을 짓고 그의 어머니와 무리들을 그곳으로 옮겨 살게 했던 것이다. 그와 동시에 그를 따르는 무리는 날로 자꾸 늘어만 갔던 것이다.

새뚝이 달언덕에 집을 정하게 되던 이듬해 봄 3월에 혁거세왕이 세상을 떠나시었다. 그때 그의 나이 스물두 살이었다.

혁거세왕의 큰아드님이신 남해왕께서 보위를 이어 즉위는 하였으나, 신왕께서는 돌아가신 부왕에 대한 애도에 잠기어 정사와 병마도 제대로 보살피지 않았다.

이러한 틈을 타서 동북쪽의 낙랑 오랑캐들이 서라벌의 북변을 쳐서 점거하게 되었다.

그러나 남해왕은 자기의 부덕을 탄식할 뿐 '상중에 어찌 군사를 일으키리오' 하고 낙랑군을 맞아 싸우려 하지 않았다.

오랑캐 군사들은 서라벌 왕이 군사를 일으켜서 맞아 싸우지 않음을 기화로, 서라벌 사람들의 북쪽 마음에다 불을 놓고, 여자들을 끌어간다, 곡식을 뺏어간다, 그 횡포는 이루 다 헤아릴 수가 없었다. 백성들은 울부짖고 아우성을 치며 어린것들을 업고, 보따리를 이고, 모두 왕성이 있는 남쪽으로 몰려들었다.

오랑캐 군사들이 언제 왕성을 공격하여 올지 모든 사람들의 불안과 공포는 극도에 다다랐다.

이때 새뚝이 약 300명의 장정을 거느리고 나가 낙랑군과 마주 보고 진을 치게 되었던 것이다. 적군은 약 천여 명이나 되는 대군이었다. 그는 사람을 시켜 다음과 같은 글을 보냈다.

우리 성왕께서 군사를 일으켜 너희를 곧 물리칠 것으로되 지금 상중에 계시므로 사람 죽이기를 슬퍼하시고 너희 스스로 돌아가기를 기다리시는데, 너희가 그 뜻을 모르고 무고한 백성을 함부로 괴롭히매 나는 한 개 이름 없는 사냥꾼이나 너희들을 멧짐승 잡듯 하리니 모가비 되는 자 나와서 내 앞에 목을 바쳐라.

이 편지를 보고 낙랑군의 대장 까막날이〔烏飛〕는 껄껄껄 웃어대며, "웬 사냥꾼 아이가 무엄하게도 이런 글을 보내왔나" 하고, 그 자리에서 몇 자를 쓰더니 화살 끝에 달아 서라벌 쪽으로 날려보냈다. 거기는 이렇게 씌어 있었다.

내 아장(阿將) 쇠손〔鐵手〕을 보내어 너를 사로잡겠다. 네가 쇠손을 이기면 너의 사환도 돌려보내마.

까막날이가 말한 쇠손은 낙랑군 가운데서 용력이 제일가는 맹장이었나.

쇠손은 까막날이의 명령을 받자 무장을 갖춘 뒤 말을 달려 나왔다. 그러나 그는 저쪽 편 말 위에 앉은 새뚝의 몸이 엄청나게 클 뿐 아니라, 거울같이 번뜩이는 두 눈을 보자 약간 겁이 질리는지, "너는 사냥꾼이라면서 활이나 쏘지 웬걸 창검까지 쓰겠느냐?" 하고 얕잡아 보는 체했으나 가까이 다가오진 못했다.

새뚝이 높은 목소리로, "너 같은 멧돼지는 여러 마리 잡은 일이 있다" 하고 창을 꼬나 던지니, 창은 단번에 그의 목을 꿰어서 땅에 떨어뜨렸다.

이것을 본 까막날이는 얼굴이 퍼렇게 질린 채, 곧 새뚝의 사환을 돌려보내는 동시에 쇠손의 시체를 찾아서 그길로 물러가 버렸다.

새뚝이 갑자기 서라벌의 영웅이 된 것은 이때부터의 일인 것이다. 그 뒤 그가 남해왕의 부르심을 받고 궁중으로 들어가 정중한 치사와 두터운 은상(恩賞)을 무릅쓴 것은 말할 나위도 없다.

그리고 뒤이어 그는 시조묘 창건 공사의 도감으로 임명이 되었던 것이다.

그때 아효 공주의 나이는 열세 살이었다. 자기보다는 아홉 살이나 어린 아효 공주의 옥 같이 해맑은 얼굴이 처음부터 왜 그렇게 그의 가슴을 헤집고 들어왔던지 자기 자신에게도 그저 알 수 없는 일이기만 했다.

새뚝이 비록 낙랑군을 물리침으로써 서라벌의 백성들을 구했다고는 하나 그는 그때까지도 서라벌을 위하여 충성을 바치리라고는 생각해 본 적도 없었다.

그는 다만 그렇게 하여 백성들의 마음을 사고 왕실의 신임을 얻음으로써 자기의 힘을 길러 나가자고 생각했을 따름이었다. 나중에 나라에서도 어떻게 할 수 없는 큰 힘이 쌓이면 그때는 그 힘으로 서라벌을 치든지 가야 나라를 치든지 형편대로 하리라 결심했던 것이다.

그러나 그 결심도 아효 공주를 알게 되면서부터 흔들리기 시작했다. 그가 낙랑군을 물리치고, 뒤이어(그 공로로 인하여) 시조묘 창건 공사의 도감이 되어 자주 궁중에 출입하였을 때였다. 한번은 설계를 꾸미려고 궁중에 있는 신단을 뵈오려 후원으로 돌아갔을 때 마침 아무도 없는 고요한 단 위에 어린 아가씨 하나가 엎드려 열심히 주문을 외우고 있었던 것이다. 어린 아가씨는 입으로 연방 무슨 주문을 외우며 몇 번이나 일어나 춤을 추고는 도로 엎드려 절을 하고 또 주문을 외우곤 하는 것이다.

새뚝이 숨을 죽이고 가만히 신단 곁에 섰으려니까 아가씨는 배례를 마치고 일어나더니 그 곁에 새뚝이 서 있는 것을 보자 놀라운 빛을 띠며 그의 앞으로 다가와, "새뚝님, 당신은 서라벌의 영웅이에요" 했다.

옷차림으로 보아 공주님에 틀림이 없었다. 새뚝은 당황하여 그녀 앞에 허리를 구부리며, "공주님 황공하옵니다. 그러하오나 새뚝이 감히 어찌……."

그는 말끝을 잇지 못했다. 도대체 이 어린 공주가 자기를 어떻게 새뚝인 줄 아느냐 싶었다.

자기는 몇 차례 궁중에 출입한 일이 있었지만 언제나 공적인 임무를 띠고 있었기 때문에 임금이나 대신들 이외엔 만난 사람도 없거니와 있다고 해도 다른 궁내관(宮內官)들이나 시녀들 정도였던 것이다. 게다가 궁내에 출입하는 문무 제관(文武諸官)들만 해도 한두 사람이 아니다.

그 가운데서 이 어린 처녀가 어떻게 새뚝을 알아보며, 또 무엄하게도 명분 없이 감히 신단 곁에까지 침입한 낯선 사내에게 이렇게도 상냥하게 말을 걸어 준단 말인가. 그보다도 새뚝으로 하여금 더욱 당황하게 한 것은 그녀의 별 같이 빛나는 두 눈과, 그 가지런하고 잔잔한 흰 이의 아름다운 얼굴이었다. 그 신비하도록 아름다운 얼굴이 순간 그의 가슴에 못이 되어 박히는 듯했다. 그는 숨을 가다듬은 뒤 다시 말을 이었다.

"……공주님의 치하에 견디겠소이까?"

"아니에요. 부왕께 듣자온 것을…… 새뚝님은 서라벌의 둘도 없는 영웅이시라고……."

"황공하옵니다. 그러나 감히 묻자옵건대 제가 새뚝임을 어떻게 알아보시옵고, 또한 이 무엄한 행동을 용서해 주시올는지?"

"아, 새뚝님 염려 마세요. 이 몸은 검님을 모시는 여신관(女神

官), 검님의 점지하심으로 새뚝님이 오실 것을 미리 알고 있었사와요."

"아, 공주님. 그러하오면 검님께서도 이 몸이 감히 여기 온 것을 용서해 주시나이까?"

"검님께서도 새뚝님을 서라벌의 제일가는 장군님으로 지켜 주시나이다."

"아, 공주님. 그러하오면 공주님께서도 이 몸이 감히 여기 온 것을 용서해 주시나이까?"

"이 몸은 검님을 모시는 여신관, 검님께서 지키시는 장군님을 이 몸도 우러러 모실 뿐인 것을……."

"아, 공주님! 그러하오면 이 몸은 앞으로도 이 자리에 나아와 공주님을 뵈옵게 허락해 주옵소서."

새뚝은 어느덧 자기도 모르는 동안에 그녀 앞에 무릎까지 꿇고 있었다.

이때 아효 공주는 한참 동안 고개를 들지 않고 있었다. 눈같이 새하얀 그녀의 얼굴에 비로소 발그레한 홍조가 띠기 시작했다. 이윽고 그녀는 고개를 들더니, "새뚝님, 그것이 검님의 뜻이옵니다" 했다.

이 놀라운 선언을 들은 새뚝은 그녀에게 두 번이나 머리를 수그린 뒤 두근거리는 가슴으로 그 자리를 물러나왔다.

'검님의 뜻이다!'

생각하기에 따라서는 모든 것을 허락하는 뜻인 것 같기도 했다. 그러나 모든 것을 허락한다는 뜻이라면, 그 어린 처녀가 부왕의 허가도 없이 어떻게 감히 자기 입으로 그렇게 언명해 버릴 수 있을까. 그러나 또 한편 생각하면 본래부터 워낙 검님에 대한 공경심이 두터운 공주님이라 검님의 점지대로 따른 결과가 그렇게 되는 것이 아닐까 하는 생각도 들었다.

그 뒤에도 새뚝은 기회 있는 대로 아효 공주를 찾았다. 그녀는 대부분의 시간을 신단에서 보냈다.

"신단에서밖에는 공주님을 뵈올 수 없사온지?"

새뚝이 이렇게 물었을 때 아효 공주는, "이 몸은 항상 검님께 빌고 있을 때만 마음이 편한 것을" 했다.

이렇게 말하는 그녀의 얼굴은 과연 푸른빛이 나도록 파리해 있었다.

"공주님, 너무 몸이 상하시오면……?"

"이 몸은 나라님과 서라벌을 생각하오면 잠도 오지 않사와요."

"공주님, 제가, 이 새뚝이 있사오니……."

그는 또 말문이 막혀 버렸다. 그는 이 새뚝이 있사오니 부디 걱정하지 마십시오 하고 싶었으나 그렇게 말할 수는 없었던 것이다.

"새뚝님, 고맙사와요. 장군님께서는 밖에서 부왕님과 서라벌을 지켜 주셔요. 이 몸은 궁중에서 항상 검님께 빌겠사와요. 그리고 새뚝님의 무운을 위해서도 빌어 드리겠사와요!"

"아아, 공주님!"

그는 감동을 이기지 못하는 듯 이렇게 불렀다.

아름다운 공주의 얼굴로 보아서는 그녀를 위하여 무슨 일이라도 하고 싶었다. 그러나, 자기는 누구에게도 가슴을 펼쳐 말할 수 없는 야릇한 별을 타고 태어난 몸인 것을……

새뚝은 언제나 공주를 생각하기만 하면 자기의 기구한 운명이 저주스럽기만 하였다.

이렇게 1년이 흐르는 동안, 시조묘는 상량이 되고, 그의 마음자리에는 가야 대신 아효 공주가 들어앉은 것이다.

본래부터 그가 가야를 생각했다는 것도, 가야를 위하여 충성을 다하겠다는 것보다 가야를 쳐서, 가야 왕을 물리치고, 가야의 주인이 되어 돌아가고자 했던 것이다. 만약 그보다 먼저 서라벌을 손아귀에 넣을 수 있으면 서라벌을 먼저 뺏어도 좋다고쯤 생각했던 것이다. 그것이 안 되면 서라벌의 힘을 빌려서 가야 왕을 물리쳐도 좋을 것이라고 생각했던 것이다.

이러한 그의 야심에 커다란 변화를 일으키게 한 것이 아효 공주였다. 그는 아효 공주를 자기 아내로 삼을 수 있다면 자기는 서라벌 왕실의 한 사람으로서, 또는 서라벌이 우러러보는 무장의 한 사람으로서, 서라벌을 위하여 충성을 다해도 좋다고 생각하게 되었던 것이다.

그러나 그와 아효 공주 사이를 비추는 것은 따뜻한 봄볕만이 아니었다.

우선 대보의 아들과 아효 공주 사이에 이따금씩 비치는 혼담이 그것이요, 둘째는, 지금 그의 곁에서 잠자리와 음식 시중을 들고 있는 열매와의 복잡한 사연이 그것이다.

대보의 아들은 새뚝이 서라벌의 새로운 별로 나타나 아효 공주의 사랑을—그녀의 말대로 하면 검님의 점지하신 바이지만—받기 전까지는 당연히 그녀에게 혼인을 청할 수 있는 제일의 후보자였던 것이다.

궁중에서도 아효 공주가 워낙 검님에 대한 공경심이 돈독하고 나라를 사랑하는 마음이 열렬한 데다 검님께서 그녀에게 새뚝을 점지하셨다고 하니 아무도 그녀를 의심할 사람이 없을 뿐 아니라 검님의 뜻을 거역한달 사람도 있을 수 없었던 것이다.

그러나 대보로서는 그것이 너무나 뜻밖의 일이요, 또 검님의 점지하신 바란 것도 왠지 잘 납득이 되지 않았던 것이다.

게다가 열매는 또한 열매대로 만약 새뚝이 아효 공주와 혼인을 하고 자기를 버린다면 자기는 못에 빠져 죽을 결심이라고 늘 위협을 해 오는 터였던 것이다.

194

시조묘의 창건 공사도 거의 끝나갈 무렵이 되었다.

한때 뜸해졌던 아효 공주의 혼담(대보 아들과의)이 또 재연된다는 소문이 들려왔다.

새뚝은 당황하였다. 공사가 거의 준공될 무렵에 또다시 혼담이 들린다는 것은 무슨 곡절이 있는 일 같았기 때문이었다. 사실상 자기는 서라벌 조정에 아무런 기반도 가지지 못한 애매한 존재가 아닌가. 이제 공사가 끝나고, 지금의 도감 직마저 해임이 된다면 자기는 궁중에 출입할 기회조차 어려워질 형편인 것이다.

그렇게 되면 자기는 무슨 재주로 아효 공주를 만나 볼 수 있으며 누가 자기를 믿어 준단 말인가. 그때 가서야 공주를 누구에게 주든지 또 어떠한 혼담이 새로이 재기되든지 새뚝으로서는 그것을 견제할 아무런 자격도 없지 않은가. 그보다 우선 알지도 못하게 될 것이 아닌가. 설령 공주가 혼자서 발버둥을 친다고 한들 무슨 소용이 있으랴. 그렇다, 공주만은 자기를 잊지 않으리라. 그러나 그것이 무슨 소용이 있으랴. 공주가 부왕의 엄명을 거스를 순 없지 않은가.

그때까지 지금 토굴 속에 가두어 둔 우섬을 끌어내어 곧 가야로 보내어 군사를 일으키게 하고 자기가 안에서 호응한다 하더라도, 그리하여 서라벌을 뒤엎고 땅을 차지한다 하더라도 공주를 잊을 수는 없지 않은가.

어떻게 해서든지 아효 공주가 다른 사람의 아내가 될 수 없도록 자기의 것으로 만들어 두어야 할 것이다.

자기 아내인 거나 다름이 없는 확실한 증거를 쥐어야 할 것이다. 그것이 안 되면 만약의 경우를 위하여 미리 빼내 두기라도 해야 할 것이다.

새뚝은 신단으로 들어가자마자, 여느 때와 같이 공주가 배례를 마치기까지 기다리지도 않고 달려들어 그녀를 댕강 안고 신단 아래로 뛰어내려 왔다.

그러나 그녀는 뜻밖에도 싸늘하고 침착한 목소리로, "새뚝님 왜 이러시는지?" 하고 나무라듯 물었다.

"난 난, 더 참을 수 없어. 소릴 내면 죽여 버릴 테야."

"이 몸은 당신의 왕비가 될 것을."

"왕비? 왕비가 된다고?"

새뚝은 눈이 휘둥그레져서 물었다.

"……"

공주는 고개를 끄덕여 보였다.

"아니, 그럼 어떻게 된단 말이오? 내 왕비가 된다고? 그럼 내가 임금이 된단 말이오?"

"이 몸을 어서 놓으시고 이야기를 들으시와요."

새뚝은 공주를 땅에 내리었다.

그것은 신단 밖의 조그만 정자가 있는 곳이었다.

"이 몸이 검님께 우리나라와 부왕님과 모비님의 편하심을 빌었사옵니다. 그리고 새뚝님이 나라에 제일가는 인물이 되기를 빌었사옵니다."

"그런데 왕비란 무슨 말이오?"

"그때 검님께서 이 몸의 이름을 부르시더니, 새뚝은 장차 이 나라 주인이 되고 너는 그의 왕비가 되리라 하고 일러 주셨사옵니다."

"아아, 공주, 그것이 정말이오? 정말일 리가 없지, 그동안에도 나를 따돌리고 또 혼담이 있었다는데 누굴 믿는단 말이오?"

"새뚝님, 이 몸과 이 몸의 부모님은 거짓말이 없는 것을. 그리고 검님이 이 몸에게 내리신 말씀을 부모님에게도 감추고 있는 것을. 이 몸의 부모님은 사람을 한 번 믿으시면 두 번 의심하는 일이 없사옵니다."

공주의 침착하고도 의연한 말씨에 새뚝은 무엇인지 저항하지 못할 것을 느꼈다. 그러나 좀 더 확실한 표적을 잡아야 할 것 같았다.

"그것을 어떻게 믿는단 말이오? 무슨 증거가 있단 말이오?"

공주는 새뚝의 집요한 의혹이 딱하고 어이없어 한참 동안 그의 얼굴을 바라보더니 다시 입을 열었다.

"그것도 부족하다면 그보다 더 확실한 증거를 보여 드리겠사옵니다. 지금 새뚝님 댁 토굴 속에 가야에서 온 밀사가 들어 있는 걸 새뚝님께서는 이 몸에게도 속였사옵니다.”

새뚝은 이 말을 듣자 공주에게 와락 달려들려 하였다.

“놀라지 마세요. 이 몸이 그것을 안 지는 보름도 넘었사옵니다. 이 몸의 어머님이 그것을 들으신 지도 열흘이 넘었사옵니다. 새뚝님의 젊은 여종이 처음엔 이 몸에게 와서 이르고, 다음엔 어머님께 와서 일렀사옵니다. 새뚝님과 자기를 서라벌서 쫓아내어 달랬사옵니다. 그러나 어머님과 저는 새뚝님을 믿기로 하고 그 여종은 말은 한갓 투기심에 지나지 않는 것이라 하였사옵니다. 이래도 이 몸과 이 몸의 부모님이 사람을 믿지 않는다고 생각하시는지.”

“아아, 공주님” 하고 새뚝은 공주 앞에 무릎을 꿇으며 두 팔로 그녀의 허리를 쓸어안았다.

그날 밤 토굴 속 밀사의 몸이 없어진 것은 두말할 것도 없다.

보름 뒤에 시조묘의 준공 축제가 벌어졌다. 그것은 남해왕 3년 정월이었다.

제전은, 왕과 왕비와 공주는 물론 모든 신하들과 육부(六府)의 부장들과, 그리고 이 공사에 참여했던 모든 석공들과 목수들과 미장이들이 모인 가운데서 장엄하게 거행되었다.

대보직(大輔職)에 있는 훤찬[白飡]이 나와서 먼저 박혁거세왕과 알영비(閼英妃)의 드높은 덕을 찬송하고 다음엔 금상의 덕을 또한 높이 찬양하자 모여 있던 사람들은 일제히 일어나서 소리를 질렀다.

"서라벌 기리, 한배님 기리."

그 소리는 건너편 자랏뫼에 울리어 메아리가 되어 돌아왔다.

'서라벌 기리'가 끝나자, 남해왕께서 친히 일어나시더니, 이번엔 이 일을 맡아 이룩한 새뚝의 공로를 크게 치하하시었다.

왕께서는 먼저 새뚝이 스스로 일어나 낙랑군을 물리친 용기를 갸륵하다 하시고 이번에 이룩한 공로를 길이 잊지 않기 위하여 앞으로 그를 왕족과 더불어 거하게 하리라 하시고 자리를 공주의 곁에 앉게 하시니 이는 곧 그로 하여금 아효 공주의 지아비를 삼겠다는 뜻을 사람 앞에 알리는 바였다.

이와 동시에 모든 사람은 다시 일어나 또다시 소리 높여 외쳤다.

"서라벌 기리, 한배님 기리."

이때의 새뚝의 가슴속에 일어난 감격의 파동은 일생을 두고도 잊혀지지 않았다. 그는 이날을 계기로 하여 딴사람이 된 듯하였다. 그의 어두운 과거가 빚어낸 끝없는 의혹과 야심도 이제는 갠 하늘처럼 깨끗이 가신 듯하였다.

이와 동시 그의 가슴속에는 신의에 살고 신의에 죽겠다는 새로운 결심이 쇠뭉치와 같이 굳어짐을 깨달았다.

그때 그의 나이 스물네 살이요, 아효 공주가 열다섯 살이었다.

두 해 뒤, 그의 나이 스물여섯이요, 아효 공주가 열일곱 살 나서 두 사람은 정식으로 부부가 되었다. 그런데 다시 두 해 뒤에 그는 대보의 중책을 맡고, 대보 직에서 마흔일곱 해를 지낸 뒤, 유리왕이 세상을 뜨시자, 전왕(前王, 南海王)의 유훈에 의하여 드디어 왕위에 오르게 되었다.

왕거인

진성 여왕(眞聖女王)이 즉위하면서부터 각간* 위홍(魏弘)이 정권을 잡게 되었다. 위홍은 본래 진성 여왕의 유모의 남편이었으나, 그녀가 왕위에 오르기 전부터 가만히 통하며 지내다가 등극한 뒤로는 거의 공공연하게 부부 생활을 하였다.

위홍은 이와 같이 진성 여왕의 떳떳하지 못한 남편 노릇을 하고는 지냈으나 본래 명문 출신으로 일찍부터 글을 좋아했었다. 그는 정권을 잡게 되자 곧 진성 여왕에게 신라의 고유한 사화집(詞華集)을 편찬하도록 아뢰었다.

"일찍이 공부자(孔夫子, 孔子)께서는 주대(周代)의 성덕(盛德)과 문화를 보이기 위하여 당대의 가요 삼백 편을 엮어 놓고 스스로 해명해 가로되 시 삼백(三百)을 일언이폐지(一言以蔽之)하면

*각간(角干): 신라 제1관등.

사무사(思無邪)라 하였소이다. 우리나라로 말씀하오면 시조(始祖, 박혁거세) 개국 이래 940여 년에 주대의 가요에 비길 만한 시가가 수백으로 다 헤아릴 수 없을 만치 있사오니 이를 모두어 한데 엮어 두심이 마땅한 줄 아뢰오."

위홍의 이 말에 진성 여왕은 고개를 끄덕여 찬의(贊意)를 표하며 말하였다.

"각간의 말씀이 지당한 줄은 아나 그 일을 누구에게 맡겨서 이룰 수 있을는지."

여기서 위홍은 자기의 고우(故友)인 동시에 당대의 명사 두 사람을 천거하였다. 그 둘이 곧 대덕(大德) 대구 화상(大矩和尙)과 석학(碩學) 왕거인(王巨仁)이었다. 대구 화상으로 말하면 이미 경문왕(景文王) 때부터 향가의 권위자로 이름이 높아, 왕실의 분부에 의하여 「현금포곡(玄琴抱曲)」, 「대도곡(大道曲)」, 「문군곡(問群曲)」 따위 노래 세 수를 지어 바쳤던 대가요, 왕거인 역시 당대의 학자이며 문장가로 첫손가락에 꼽히는 사람이었던 것이다. 하나는 비록 불도를 숭상하는 승려의 몸이요, 다른 하나는 공맹지교(孔孟之敎)를 닦는 유자(儒子)이긴 하였으나 그들이 다 함께 국학(國學)을 존중하고, 사뇌가(詞腦歌, 鄕歌)를 아끼는 점에 있어서는 뜻이 같았다.

이뿐 아니라 세속적인 영달과 부귀공명을 탐하지 않고 오직

'도'를 구하여 스스로 만족하며 높은 경지를 닦아 나아가는 점에 있어서도 뜻이 같았다. 대구 화상으로 말하면 이미 속계를 버리고 출가한 '화상'이니 더 말할 것도 없지만, 왕거인으로 말하면 출가를 하지 않고서도 속세에 물들지 않고 홀로 금서(琴書)를 즐기며 높은 도경(道境)에서 살아가는 철인(哲人)이었던 것이다. 따라서 당시의 사람들은 대구 화상을 높이어 사화 대덕(詞華大德)이라 부르고, 왕거인을 높이어 부르기는 '국사(國士) 왕거인 선생' 혹은 '은사(隱士) 왕거인'이라 하였다.

'사화 대덕 대구 화상'과 '국사 왕거인 선생'은 함께 조정의 부르심을 받고 나왔다. 진성 여왕은 그들을 보자 얼굴에 기쁜 웃음을 띠며 말하였다.

"사화 대덕과 왕 선생을 오늘 뵙게 된 것은 나의 둘도 없는 기쁨인 줄 아오. 원하건대 나를 위하여 나라의 시나위 가락을 모아서 엮어 주시기를."

이에 대구 화상이 먼저 머리를 수그리며, "거룩하신 분부를 지성껏 받들어 모시겠나이다" 하였고, 왕거인은, "황송하오나 이 몸은 적임이 아닌 줄 아나이다" 하였다.

대구 화상은 응낙을 한 것이요, 왕거인은 사양을 한 것이다. 여왕이 당황하여 곁에 있는 위홍을 돌아다보았다. 위홍이 얼른 여왕 앞에 나오며, "이는 고사(高士) 왕 선생의 겸사인 줄 아뢰오" 하고 꺾어 누르자, 여왕도 그제야 안심을 하는 듯, "그렇다면 크게 다행한 일이나……" 하였다.

이때 왕거인이 또다시 의견을 말하려고 고개를 수그렸으나, 이번에는 위홍이 이를 가로막으며, "이 일은 신에게 맡겨 주시기를……" 하고 나왔다.

왕거인도 자기의 뜻은 이미 한 번 나타내었으니까 그 자리에서 반드시 말로써 다툴 필요는 없다고 생각하고 더 입을 떼지 않았다.

그날 밤 위홍은 왕거인을 자기 집으로 초대하였다. 궁성에서 동북쪽으로 조금 돌아 나가서, 황룡사(黃龍寺)와 분황사(芬皇寺) 사이에 있는 어마어마한 저택이었다.

위홍은 왕거인을 자기 집 안의 별당에 인도한 뒤 말하였다.

"좀 불편하겠지만 당분간 여기서 지내도록 하게."

넓은 방 정면에는 둥그런 석경(石鏡)이 걸려 있고, 그 곁에는 한 쌍의 은촛대에 불이 밝혀져 있었다. 평소 부귀영화를 대수롭지 않게 생각하는 왕거인이기는 하였지만 이 집의 으리으리한 꾸밈새에는 과연 놀라지 않을 수 없었다.

위홍은 왕거인과 더불어 자리를 정해 앉은 뒤 입을 떼었다.

"나는 최근에 또 하사받은 집이 따로 있다네. 앞으로 자네가 서울로 올라와 살게 된다면 이 집은 자네에게 양도해도 좋으이."

왕거인은 깜짝 놀라는 얼굴로, "천만에 나 같은 포의*에게 이 같은 저택이 가당한가" 하고 즉석에서 거절을 해두었다.

"이 사람아, 기어이 포의를 고집해야 할 아무런 이유도 없지 않은가" 하고 위홍은 껄껄 웃었다.

위홍의 아내 부호 부인(鳧好夫人)이 비녀(婢女)들에게 술상을 들리고 들어왔다. 위홍은 부인을 보고, "자, 인사드리시오. 내 친구 왕거인 선생이오" 하고 이번에는 왕거인에게, "내 내자일세" 하였다.

왕거인과 부호 부인은 자리를 고치며 맞절을 하였다.

"바깥어른이 늘 말씀하셔서서 성화*는 익히 들어 모시었나이다. 이렇게 비가(鄙家)를 찾아 주셔서 감사하옵니다."

부호 부인이 주인으로서 먼저 이렇게 인사말을 하였다. 그녀는 한 나라의 정사를 쥐고 휘두르는 여걸이니 만큼 얼굴 생김새나 말솜씨가 여간 당당하지 않았다(그녀는 진성 여왕의 유모로서 위홍이 진성 여왕과 통하게 된 것도 근본은 부호 부인이 있었기 때문이었다. 위홍이 정면으로 정권을 잡고 나서기까지 진성 여왕을 움직여 온 사람이 바로 부호 부인이었던 것이다).

"뜻하지 않은 일로 갑자기 폐를 끼치게 되었소이다."

왕거인은 그녀의 황홀한 얼굴을 바라보지 않으려고 외면하며

---

* 포의(布衣) : 벼슬이 없는 선비.
* 성화(聲華) : 영화로운 명성.

겨우 이렇게 대답하였다.

"그러면 서울에 계시는 동안은 불편하시지만 누가(陋家)에 머물러 주시면 영광이겠나이다."

부호 부인은 이렇게 인사를 닦고 물러 나갔다.

두 사람은 술을 나누면서도 곧장 '포의'와 '영달' 문제로 화제를 돌리곤 하였다. 위홍의 주장에 의하면 공자께서도 벼슬을 찾아 천하를 돌아다녔으니 '포의'에만 반드시 '도'가 있는 것은 아니라는 것이다. 이에 대하여 왕거인은 자신을 공부자에 비기는 것은 외람된 일이라 하고, 또 자기는 학문을 좋아하고 '도'를 구함으로써 스스로 즐기며 만족할 뿐이지 '포의'나 '영달' 같은 것은 별로 문제시하지 않는다고 하였다. '영달'도 좋지만 '포의'도 무방하다는 것이다.

"아무튼 나는 자네의 고우로서 자네의 구도나 호학을 조금도 방해할 생각은 없네. 자네가 굳이 영달을 원치 않는다면 그것도 강권하지는 않겠네. 그러나 우리의 사뇌가를 모아서 엮는 일은 자네의 구도나 호학에도 결코 상치되지 않는 일일세. 공부자께서도 『시경』을 편찬하셨거든."

위홍의 이 말엔 왕거인도 별로 항거할 근거가 없었다. 그래서 그도, "그러한 의미라면 나도 생각해 보겠네" 하고 지금까지의 강경한 태도를 조금 누그릴 수밖에 없었다.

왕거인이 진성 여왕 앞에서 사뇌가 편찬의 일을 거절한 것은 사뇌가 편찬이란 그 일 자체가 싫다거나 무의미해서가 아니었다. 근본적으로 말하면, 그는 세상에 나와서 일을 하고, 이름을 내고 지위를 가지고 하는 것보다 구도와 호학에 더욱 정진하고 싶었기 때문이기도 하지만, 그 밖에 또 한 가지 중요한 이유가 있었던 것이다. 그것은 진성 여왕과 위홍의 관계를 못마땅하게 생각했기 때문이었다. 그와 같이 문란하고 부패한 정권 아래서 그들의 시킴을 받고 일을 하기가 싫었던 것이다. 그 이튿날 왕거인은 대구 화상을 찾아 황룡사로 갔다. 대구 화상은 그보다 나이 십여 세나 연장자로서 그때 이미 육십이 넘어 있었다. 그는 왕거인을 보자 일어나 합장을 하며 반가이 맞아 주었다.

"아, 왕 선생께서 참 귀한 걸음을 하셨소이다."

그는 왕거인의 손을 잡아 자리에 앉힌 뒤, 상좌 아이를 시켜 차를 끓이게 하였다.

"대사께서는 이번 일을 어떻게 생각하십니까?"

왕거인은 단도직입적으로 이렇게 물었다.

대구 화상은 하얗게 센 긴 눈썹 아래 빛나는 두 눈으로 웃음을 띠어 보이며, "천천히 차나 마시고 이야기합시다" 하였다.

상좌 아이가 차를 들여왔다. 대구 화상은 찻주전자와 찻종지를 향해 합장을 하며 '나무아미타불' 하고 염불을 외웠다.

"자 한잔 들어 봅시다."

대구 화상은 왕거인에게 차를 권하고 나서 자기도 한 모금을 마시고 나서 왕거인을 바라보았다.

'차 맛이 어떠시오' 하고 묻고 싶은 것을 참는 눈치다.

왕거인은 이 차 맛을 아는지 모르는지 말없이 훌쩍훌쩍 마시고 있었다.

"충담 스님의 「찬기파랑가」라는 진필(眞筆)이 나에게 있소이다. 한번 보시겠소이까?"

대구 화상이 이렇게 물었다. 그가 갑자기 충담사의 유명한 사뇌가인 「찬기파랑가」를 들먹이는 데는 이유가 있었다. 그것은 지금 그들이 마시고 있는 이 차가 바로 옛날 충담께서 중삼일(重三日, 3월 3일)과 중구일(重九日, 9월 9일)마다 남산 삼화련(三花嶺)의 미륵불을 찾아가 끓여 바치던 바로 그 차이기 때문이다.

"아, 그 참 진귀한 걸 가졌소이다. 어디 한번 구경을 시켜 주십시오."

왕거인도 충담사의 진필이라는 데는 상당히 구미가 동하는 모양이었다.

대구 화상은 장문을 열고 그 안에서 충담사의 「찬기파랑가」를 내어 왔다. 글씨가 달필은 아니나 어딘지 그윽한 운치가 있었다.

"어떻소이까."

"역시 훌륭합니다."

"지금 마신 이 차 맛은 어떻소이까?"

대구 화상은 드디어 참지 못하여 이렇게 물었다.

그제야 왕거인도 옛날 충담의 고사를 생각하고, "아, 그렇다면 이 차가 바로 옛날 충담 대사가 춘추 길일마다 불공에 쓰시던 그 차입니까?" 하고 물었다.

이번에는 대구 화상이 득의의 웃음을 띠며, "예에, 바로 그것입니다. 그리고 보니 어딘지 그 글씨와 차 맛이 비슷하게 오지 않소이까" 하였다.

"그것까지는 미처 생각지 못했소이다."

왕거인도 이 다미(茶味)와 사뇌가의 세계에 대해서는 대구 화상과 겨룰 수 없다고 생각하였다. 그보다도 그는 진성 여왕과 위홍의 관계를 듣고 싶었던 것이다.

"그렇다면 이 충담 스님의 노래는 내가 다 제공하리다. 그리고 월명(月明) 스님과 상가 거사(桑嘉居士)의 것도 다 수집이 되어 있소이다" 하였다.

대구 화상이 이렇게 말하는 것은 사뇌가를 편찬하는 일에 있어 자기가 협력을 할 터이니 당신이 주재가 되시오 하는 뜻이었다.

"아니올시다. 이 사람은 아직 그 일에 대해서 태도를 정하지 못하고 있을 뿐 아니라, 설령 그 일을 맡아 본다 하더라도 그냥 대사

를 도와드리거나 할 따름 그 이상은 알지 못 합니다" 하고 왕거인
도 자기의 태도를 밝히려 들었다.

"좋은 일 할 것에 무엇을 그렇게 어렵게 생각하시오."

"그렇지만 듣는 말에 조정이 어지럽다 하니 어디 그 아래서 일
을 하겠소이까."

"어지럽기야 왕실에서의 색정 문제가 언제는 어지럽지 않을 때
가 있었소이까. 그건 건 논지할 것이 아니라 일이 옳고 좋은 일이
면 해 두어야지요. 임금님이나 위 각간을 위해서가 아니라 중생을
위해서지요. 그러나 우리가 모두 마음 가지기에 달린 것이지요"

대구 화상은 어디까지나 세속을 초월한 도인의 말이었다. 그러
나 왕거인은 그렇지 않았다. 대구 화상의 말을 이해하지 못하는
것은 아니지만 자기의 신념으로서는 용납할 수 없는 것이었다. 그
것은 아무리 옳고 바른 일이라도, 시키는 사람이 옳고 바르지 못
할 때는 협력할 수 없다 생각했다. 모든 것은 사람이 근본이다. 사
람이 옳지 못하다면 그가 시키는 일도 옳음을 가장할 뿐 그 이면
에는 흑막이 있다, 이렇게 생각했다. 여기에 유자로서의 왕거인과
승려로서의 대구 화상의 다른 점이 있었다. 그러나 왕거인은 그것
을 굳이 밝히려 하지는 않았다. 유도와 불도가 비록 다르다 할지
라도 대구 화상의 속기를 벗어난 의연한 태도는 역시 존경할 만했
기 때문이었다.

"대사께서 그렇게 생각하신다면 이 사람도 그 뜻을 받들어 대사의 하시는 일을 도울까 합니다."

이렇게 말하는 왕거인의 속셈은 '진성 여왕이나 위홍을 돕는 것이 아니라 대구 화상을 돕는다' 하는 생각이었다.

대구 화상은 어린애처럼 욕심 없는 맑은 두 눈으로 왕거인을 한참 바라보더니 무엇을 생각했는지 밝은 미소를 방긋 지어 보이고는, "나무아미타불" 하고 두 손을 모아 합장을 올렸다.

왕거인도 무언지 그의 염불에 형언할 수 없는 거룩함을 느꼈다.

이렇게 왕거인은 낮이면 대구 화상을 찾아가 함께 사뇌가에 대한 이야기를 나누고 밤이면 위홍의 집에 가서 잤다. 그런데 위홍은 과연 듣던 말과 같이 거의 궁중에서 살다시피 하고 그의 사저에는 며칠에 한 번씩밖에는 비치지도 않았다. 처음엔 왕거인도 그것을 여간 추악하게 생각하지 않았으나, 대구 화상의 말대로 왕실의 색정 문제야 어느 때고 어지럽지 않을 때가 있었냐고 생각하니 한결 체념이 되기도 했다.

부호 부인은 저녁마다 비녀들에게 술상을 들려서 들어왔다. 어떤 때는 주인 노릇을 하느라고 제법 상머리에 앉아서 세상 이야기도 하였다. 그녀의 말에 의하면 궁중에서는 풍기니 음란이니 하는 말이 있을 수도 없다는 것이다. 자기도 오랫동안 궁중에서 지내왔기 때문에 남편(위홍)의 그러한 행동이 그다지 이상하게 보이지 않고, 그래도 자기의 남편만 한 사람이 진성 여왕의 짝이 되어 정사를 돕기 때문에 이만치라도 나랏일이 진행되어 나가는 것이라고 믿어진다는 것이다. 그렇게 말하며 부호 부인은 왕거인의 얼굴을 의미 있게 흘겨보았다. 왕거인이 거북해서 슬쩍 외면을 하려니까, "얘들아, 거기 달아기더러 가얏고[伽倻琴]를 가지고 오래라" 하고 비녀들을 불러서 분부하였다.

조금 있으니 달아기라는 처녀가 가야금을 안고 나왔다.

"어떤 곡을 타리까" 하고 달아기가 묻자 부호 부인은 서슴지 않고 「상춘곡(賞春曲)」을 타라고 하였다.

암이 예 논다
수가 제 논다
암수가 어울려서
두둥실 잘 논다

꽃이 예 진다
달이 제 난다
꽃달이 어우러져
두둥실 잘 논다

이 노래는 궁중에서 주연이 방감일 때 자주 부르는 곡목이라 하였으나 조금도 우아하지 않을 뿐만 아니라 가사는 졸렬하고 가락은 음탕하기 그지없었다.

왕거인은 맘속으로 호령이라도 하고 싶은 것을 겨우 참았다.

그날 밤이었다. 거인이 자리에 들어 있는데 문 여닫는 소리가 잠결에 들렸다. 그러나 미처 잠이 깨지 못하고 있는데 이번에는 무엇이 이불을 들치고 그의 품속으로 안겨 드는 것이다. 그가 겨우 눈을 떠서 보니 부호 부인이 발가벗은 채 자기의 품 안에 들어 있지 않는가. 그는 깜짝 놀라 자리에서 일어나려는데 부호 부인이 두 손으로 그의 목을 껴안고 늘어졌다.

"이 몸은 벗은 채예요."

부호 부인의 목소리는 잠긴 듯하였다. 거인이 힘을 다하여 자기의 목에서 그녀의 두 팔을 풀어놓았다.

"어른님도 혼자고 이 몸도 혼자예요. 무엇이 거북해요?"

"안 될 소리" 하고 거인은 옷을 입으려 하였다. 그러자 부호 부인은 그의 옷은 잡고 놓지 않았다. 이렇게 반 시간이나 실랑이를 벌이다가 거인은 끝내 듣지 않으니 이번에는 부호 부인이 거인의 수염을 확 잡아 뜯어 주고는 밖으로 나가 버렸다.

이튿날 새벽 일찍 왕거인은 위홍의 집을 나왔다. 부호 부인에게는 물론이지만 위홍에게도 대구 화상에게도 인사말 한마디 없이 그냥 자기의 집이 있는 대야주(大耶州, 지금의 합천)로 향해 떠나오고 말았다.

그런 지 달포 지난 뒤였다. 서울 거리에 이상한 주문이 나타났다. 그것은 불가에서 쓰는 밀어로 보통 '다라니(陀羅尼)'라고 부르는 글이었다. 그 '다라니'는 다음과 같은 것이었다.

南無亡國 刹尼那帝, 判尼判尼蘇判尼
于于三阿干 鳧伊娑婆詞

그 뜻을 대강 새기면, 진성 여왕이 여러 신하들과 음란한 관계를 맺어 나라가 망하게 되니 이는 부호 부인에게도 책임이 있다 하는 의미의 것이었다.

이 괴이한 다라니가 조정에 아뢰어지자 진성 여왕은 여간 당황하지 않았다.

"아니, 그 다라니의 내력이 어떻게 된 건지 한시 바삐 밝혀 주오."

진성 여왕은 이렇게 엄명을 내렸다.

위홍이 앞에 나오더니, "이는 분명히 왕거인의 소행인 줄 아뢰오" 하였다.

그는 다시 말을 이어, "왕거인이 전자에 사뇌가를 수집하라는 어명을 무엄하게도 거절하고 내려가더니 아마 이번에 그와 같은 괴문자를 조작할 음모를 품었던 것인 줄 아뢰오" 하자 다른 신하들도 모두 그럴 듯이 고개를 끄덕였다.

"그럼 곧 왕거인을 잡아 오도록 하오."

왕이 명령이 떨어진 지 사흘 만에 왕거인이 체포되어 왔다.

"너는 전자에 내 명령을 거역했을 뿐 아니라, 내가 따로 허물하지 않았음에도 불구하고 도리어 그러한 괴문자를 지어 퍼뜨림은 무슨 연고냐" 하고 진성 여왕이 직접 이를 심문하였다.

"거인이 전자에 사뇌가의 편찬을 황송하옵게도 사양한 것은 소인의 능력이 미치지 못함을 스스로 알았기 때문이려니와 이번의 괴문자 운운하신 데 대해서는 전혀 아는 바 없나이다."

왕거인은 태연한 얼굴로 이렇게 대답하였다.

"그러면 너는 그것을 알 때까지 옥 속에 있으라."

왕의 분부는 간단하였다.

왕거인으로서는 청천벽력 같은 일이나 절로 밝혀질 때까지는 하는 수가 없었다. 설마 진상이 밝혀질 날이 있겠지 하였다. 그러나 웬 까닭인지 날이 가고 달이 바뀌어도 진범이 나타나지 않았다. 따라서 거인은 진범으로 몰아서 주형(誅刑)을 내린다는 것이다.

이 말을 들은 왕거인은 손가락을 깨물어 그 피로써 옥벽(獄壁)에다 다음과 같은 글을 썼다.

우 공이 통곡하매 3년 동안 날이 가물고,

추연이 슬픔을 품으매 5월에도 서리가 나리었다.

지금 나의 시름도 예와 다름없거늘

하늘은 말도 없이 푸르기만 하구나

于公慟哭三年旱

鄒衍含悲五月霜

今我幽愁還似古

皇天無語但蒼蒼

왕거인이 피로써 이 글을 쓰던 그날 저녁이었다. 홀연히 구름이 덮이고 뇌성벽력이 일어나며 우박이 쏟아졌다.

위홍이 진성 여왕에게 나아가 이 글을 보고한 뒤, "거인의 글과 하늘의 괴변이 반드시 상관있는 일은 아니나 어리석은 백성들이 이를 모르고 우매한 생각을 금하지 않으니 거인을 놓아 보내심만 같지 못할 줄 아뢰오" 하였다.

왕은 말없이 끄덕였다.

이튿날 아침 일찍 왕거인은 옥에서 놓여나 대야주로 돌아갔다. 이 일이 있은 뒤부터 나라 사람들은 왕거인을 더욱 높이어 당대의 국사라 하였다.

한편 사뇌가의 수집은 대구 화상의 독력(獨力)으로 완성이 되었다. 그 속에 수록된 사뇌가 총수는 725수요, 책 이름은 『삼대목(三代目)』이라 하였다.

김동리 연보

1913년   음력 11월 24일 경상북도 경주시 성건동 186번지에서 김임수와 허임순의 5남매(3남 2녀) 중 막내로 태어남. 본명은 시종(始鍾).

1924년(11세)   경주 제일교회 부속 계남소학교 입학.

1928년(15세)   대구 계성중학교 입학. 부친 별세.

1930년(17세)   서울로 이사. 서울 경신중학교 3학년에 편입학.

1931년(18세)   경신중학교 중퇴.『매일신보』와『중외일보』에 시「고독」,「방랑의 우수」등을 발표하며 작품 활동 시작.

1934년(21세)   『조선일보』신춘문예에 시「백로(白鷺)」입선.

1935년(22세)   『조선중앙일보』신춘문예에 소설「화랑의 후예」당선.

1936년(23세)   『동아일보』신춘문예에 소설「산화」당선. 이로써 3대 일간지의 신춘문예에 당선되는 전무후무한 기록을 남김.

1937년(24세)   서정주, 오장환, 김달진 등과『시인 부락』동인으로 활동. 경남 사천의 다솔사 부설 광명학원에서 교편을 잡음.

1938년(25세)   김월계와 결혼.

1939년(26세)   유진오를 상대로 '세대 논쟁' 전개.

1940년(27세)   '문인 보국회' 등 일제 어용 문화단체의 가입 거부.

1943년(30세)   징용을 피해 경상남도 사천의 양곡 보급소 서기로 취직.

1945년(32세)   사천에서 해방을 맞이함. 사천 청년회 회장이 됨.

1946년(33세)   곽종원, 서정주, 박두진, 조지훈, 조연현, 박목월 등과
               '청년문학가협회' 결성 후 초대 회장 피선.

1947년(34세)   『경향신문』 문화부장 취임. 첫 창작집 『무녀도』(을유문
               화사) 출간.

1948년(35세)   『민국일보』 편집국장 취임. 첫 평론집 『문학과 인간』(백
               민문화사) 출간.

1949년(36세)   한국문학가협회의 소설분과 위원장 피선. 주간지 『문
               예』의 주간 취임. 서울대와 고려대 출강. 창작집 『황토
               기』(수선사) 출간.

1950년(37세)   6·25 전쟁이 발발하자 미처 피난을 가지 못하고 서울에
               숨어 지냄.

1951년(38세)   한국문총의 사무국장 피선. 창작집 『귀환장정』(수도문
               화사) 출간.

1952년(39세)   평론집 『문학개론』(정음사) 출간.

1953년(40세)   서라벌예술대학 문예창작학과 출강.

1954년(41세) 예술원 회원 피선, 한국 유네스코 위원 피촉.

1955년(42세) 창작집 『실존무(實存舞)』(인간사) 출간. 「흥남 철수」와 「밀다원 시대」로 제3회 아시아 자유문학상 수상.

1958년(45세) 장편 『사반의 십자가』(일신사) 출간.

1959년(46세) 장편 『사반의 십자가』로 제5회 대한민국 예술원상 수상.

1961년(48세) 한국문인협회 부이사장 피선

1963년(50세) 창작집 『등신불』(정음사) 출간.

1965년(52세) 민족문화중앙협의회 부이사장, 민족문화추진위원회 이사 피선.

1966년(53세) 한국예술문화윤리위원회 상임위원 피선. 수필집 『자연과 인생』(국제출판사) 출간.

1967년(54세) 「까치 소리」로 3·1 문화상 수상. 『김동리 대표작 선집』(전 5권. 삼성출판사) 출간.

1968년(55세) 국민훈장 동백장 수상. 『월간문학』 창간.

1970년(57세) 한국문인협회 이사장 피선. 서울시 문화상 수상. 국민훈장 모란장 수상.

1972년(59세) 서라벌예술대학장 취임. 한일 문화교류협회장 피선.

1973년(60세) 중앙대학교 예술대학장 취임. 중앙대학교에서 명예 문학박사 학위 받음. 『한국문학』 창간. 창작집 『까치 소리』

(일지사), 수필집 『사색과 인생』(일지사), 시집 『바위』 (일지사) 출간. 장편 『사반의 십자가(サヴァンの十字架)』 (冬樹社)가 일본에서 번역 출간.

1974년(61세) 장편 『이곳에 던져지다』(선일문화사) 출간.

1977년(64세) 창작집 『김동리 역사소설』(지소림), 수필집 『고독과 인생』(백만사) 출간.

1978년(65세) 장편 『을화』(문학사상사) 출간. 창작집 『꽃이 지는 이야기』(태창문화사), 수필집 『취미와 인생』(문예창작사) 출간.

1979년(66세) 한국소설가협회장 피선. 소년소녀소설집 『꿈 같은 여름』 출간. 중앙대학교 정년 퇴임. 장편 『을화(Ulhwa : The Shaman)』(Larchwood)가 미국에서 번역 출간.

1980년(67세) 대한민국예술원 부회장 피선. 수필집 『명상의 늪가에서』(행림출판사) 출간.

1981년(68세) 대한민국예술원 회장 피선.

1982년(69세) 장편 『을화(巫女 乙火)』(成甲書房)가 일본에서 번역 출간.

1983년(70세) 5·16 민족문학상 수상. 한국문인협회 이사장 피선. 대한민국예술원 원로회원 추대. 시집 『패랭이꽃』(현대문학사) 출간. 장편 『사반의 십자가(La Croixde Schaphan)』 (Maison d'édition)가 프랑스에서 번역 출간.

1985년(72세) 수필집 『생각이 흐르는 강물』(갑인출판사) 출간.

1987년(74세)　장편 『자유의 기수』를 『자유의 역사』(중앙일보사)로 개제
하여 출간.

1988년(75세)　수필집 『사랑의 샘은 곳마다 솟고』(신원문화사) 출간.

1989년(76세)　한국문인협회 명예 회장 추대.

1990년(77세)　7월 30일 뇌졸중으로 쓰러짐.

1995년(82세)　6월 17일 타계.

1998년(85세)　제자인 소설가 이문구, 이동하, 황충상, 시인 감태준 등
이 뜻을 같이하여 김동리문학상 제정.

1999년(86세)　한국예술평론가협의회 선정 20세기를 빛낸 한국의 예술
인으로 추대.

수로 부인

초판 1쇄 인쇄일 • 2007년 7월 20일
초판 1쇄 발행일 • 2007년 7월 25일
지은이 • 김동리
펴낸이 • 임성규
펴낸곳 • 문이당

등록 • 1988. 11. 5. 제 1-832호
주소 • 서울시 성북구 동소문동 4가 111번지
전화 • 928-8741~3(영) 927-4990~2(편)
팩스 • 925-5406
© 김동리, 2007

홈페이지 http://www.munidang.com
전자우편 webmaster@munidang.com

ISBN 978-89-7456-372-1 83810